Marina Müller McKenna

Zwischen den Stühlen

Eine Selbstauskunft

Herstellung und Verlag:
BoD – Books on Demand, Norderstedt

ISBN: 978-3-7494-2026-1

Zwischen den Stühlen diskutiert es sich recht gut; man ist niemandem verpflichtet – und man hat eine andere Perspektive.

M.MMcK

Wie kam es zu diesem Buch?

Nach meinen ersten beiden Bänden „Zwischen den Welten" und „Smörrebröd am Öresund" über Lebensorte und -erlebnisse ergab es sich, dass noch vieles ungesagt geblieben war. Gleichzeitig näherte ich mich einem runden Geburtstag, was mich erstaunt feststellen ließ, dass das Leben tatsächlich in Riesenschritten an einem vorbeirast und dass in mir immer noch das kleine Mädchen, die Jugendliche, die junge Frau lebte, die ich vor vielen Jahren war. Und in meinen inneren Monologen stellt diese junge Person meinem heutigen Ich jede Menge Fragen.

Ich erinnerte mich auch an etwas anderes. Vor vielen Jahren, noch in meiner politisch aktiven Zeit, hatte ich ein etwas merkwürdiges Erlebnis. SWF1 Nachtradio fragte bei mir an, ob ich für eine mehrstündige Radiosendung unter dem Motto „Ein Abend mit Marina Müller" zur Verfügung stünde. Ich fand das absurd, denn wer war, in der Wahrnehmung der Hörer, Marina Müller? Wäre es ein einigermaßen prominenter Name gewesen; aber ein Abend mit mir? Nun, ich nahm eher zweifelnd, aber auch irgendwie belustigt, das Angebot an. Die Sendung wurde produziert, und das Ergebnis gefiel mir dann doch sehr gut. Es wurde eine durchaus interessante, informative Sache. Immerhin hatte ich ja Einiges zu erzählen: Aus dem Osten Deutschlands kommend, in der Kommunalpolitik tätig, mit einem katholischen Priester lebend, gezeichnet von einer seinerzeit noch eher exotischen chronischen Erkrankung … das interessierte damals sicher irgendwie.

Ähnliches erhoffe ich mir nun für den Leser dieses Buches, welches die von Anfang an geplante Trilogie meiner Art von Lebensrückblick vervollständigen soll.

Wer meine Texte aufmerksam gelesen hat wird wissen, dass ich nichts, was geschieht, für Zufall halte. Ich denke, alles hat nicht nur seinen Grund, sondern vor allem seine Zeit. Mit zunehmendem Alter werde ich angesichts weltweiter Entwicklungen recht ungeduldig und manchmal auch mürrisch. Ich möchte den Schaffner des Lebenszuges am liebsten fragen, warum es eigentlich nicht weitergeht; beziehungsweise warum der Zug ständig zurückzurangieren scheint und manchmal sogar auf das Abstellgleis zu rollen droht. Deshalb will ich mir jetzt doch noch einmal diverse Fragen beantworten und ein paar Ansichten zur Diskussion stellen, um mich in diesen mir zunehmend fremd werdenden Zeiten besser orientieren zu können.

Wenn es jemanden interessiert: Gut! Wenn nicht: Auch gut! Eines weiß ich schon jetzt: Mich wird es erleichtern. Auch macht es Spaß, kein Blatt mehr vor den Mund nehmen zu müssen.

Und schließlich soll mich keiner am Ende fragen, warum ich meine Kritik nicht ins Gästebuch geschrieben habe, solange ich noch auf der Erde geweilt habe – was ich hiermit tue.

Literarisches

Dann bleiben wir doch gleich beim Thema Schreiben und Literatur. Es hat dich ja in den letzten Jahren verstärkt beschäftigt – eigentlich relativ spät im Leben ...

Literatur hat mich immer beschäftigt. Von Anfang an. Seit ich lesen konnte, las ich Bücher massenweise. Und seit ich schreiben konnte, schrieb ich. Es begann mit acht Jahren, mit Gedichten, und setzte sich dann kontinuierlich durch Kindheit und Jugend fort. Ab dem zwölften Jahr schrieb ich auch kleine Prosastücke. Einige Gedichte wurden bereits damals veröffentlicht. Später publizierte ich lediglich journalistische Sachen. Eigene Bücher habe ich erst in den letzten fünf Jahren geschrieben, also gegen Ende meines sechsten Lebensjahrzehnts. Das hängt mit Reife genauso zusammen wie mit der zeitlichen Gelegenheit und einer gewissen inneren Ruhe. Wenn man das Talent hat, zu schreiben und mit Wörtern Bilder zu malen – und den Drang, es auch zu tun –, dann bahnt sich der Weg unweigerlich. Dann ist es auch egal, ob man dem „Mainstream" entspricht. Es hatte sich einiges angesammelt in mir, das musste nun heraus. Ich wollte immer zur inneren Wahrheit – zum Kern – von menschlichem Verhalten vordringen. Und bei mir selber, bei meinen eigenen Gefühlen und Eindrücken, habe ich begonnen.

Das bezieht sich sicher auf die weiter vorne erwähnten persönlichen Lebensrückblicke. Allerdings hast du in den letzten Jahren auch deinen ersten Roman „Viele Brücken – Ein Fluss" veröffentlicht. Dabei hattest du nach eigener Aussage Angst, dass dir die Geschichte „verpilchern" könnte. Was meintest du damit?

Mit diesem Begriff wollte und will ich in keiner Weise der Schriftstellerin zu nahe treten, die mich zu dieser Begriffskreation animierte. Ich finde ihren Schreibstil, sofern ich Proben davon gelesen habe, angenehm. Nur war Prosa, speziell die Form des Romans, für mich ein unbekanntes Territorium. Wenn man Bücher aus Frau Pilchers Sparte liest oder danach gedrehte Filme sieht, dann hat man – unbenommen der literarischen Qualität – ab einem bestimmten Punkt den Eindruck, dass man eigentlich schon weiß, wie es enden wird. Davor hatte ich Angst. Ich wollte ein thematisch tiefgehendes, jedoch handlungsseitig leichtes, unaufgeregtes, leises Buch schreiben. Es sollte so etwas sein wie eine Filmmusik, ein Liebesthema etwa, von Ennio Morricone oder von Henry Mancini; keinesfalls etwas Seichtes; eher ein Stoff, in den man versinken kann. Irgendwie ist ja Musik auch das Leitthema des Romans; sein Thema wächst sozusagen aus einem Musikstück, erstreckt sich wie eine Brücke durch die Handlung und kommt am Ende wieder an seinen Ruhepunkt zurück, dem „Now" – dem „Jetzt". Es ist nicht das erste Mal, dass mich Musik zum Schreiben angeregt hat.

So kommst du also beim Musikhören zu deinen Ideen?

Direkt und indirekt. Oft kommen mir die Ideen tatsächlich beim Musikhören. Das geschieht aber nicht selten indirekt. Eigentlich habe ich immer irgendwelche Musik in meinem Kopf. Oft kommen meine Ideen sozusagen „en passant", beim Spazierengehen mit dem Hund, bei Streifzügen durch diverse Landschaften, auch beim Autofahren. Aber mit dem Hund, das ist ein besonderer Quell. Das Gehen in der Natur, das Abschalten, ist wie Meditation; vorausgesetzt, es gibt keine Störfaktoren. In den

12

drei Jahren nach dem Tod unserer alten Hündin Sioux war ich tatsächlich viel weniger produktiv. Jetzt, mit unserem neuen Hund Kanélo, und vor allem im geruhsameren Winterwetter, kommen wieder massenhaft neue Ideen. Ich erinnere mich bei bestimmten Stellen in unserem Ort wieder an die Romanszenen, die mir dort zuflogen; in einigen Fällen erinnere ich die Szenen so, als habe ich sie dort real erlebt. Der Roman, der ein Eigenleben hat, verschmilzt mit der Realität, wobei ich mich immer frage, was ist eigentlich Realität? Manchmal erscheint mir mein Geschriebenes realer als die sogenannte „Realität".

Viele deiner Leser, besonders jene, die dich persönlich kennen, lesen in deine Protagonistin Ariane und in die Leitgeschichte des Romans starke autobiographische Züge hinein.

Das ist nicht ganz unrichtig. Jedes Buch ist ein Kind, das unvermeidlich die eigene DNA in sich trägt – manchmal offen, manchmal sehr versteckt. Wie weit mein Roman in seinem Bezug zu meinem eigenen Leben und Erleben geht, das wird, solange ich lebe, mein Geheimnis bleiben. Richtig ist, dass die Frau im blauen Kleid und die sie umgebenden Umstände bezüglich meines Lebens wirklich existieren, und dass ich dem nachgehen möchte. Meine Hauptfigur Ariane ist mir natürlich in ihrem Denken sehr ähnlich. Allerdings erlebt sie auch etwas, das mir möglicherweise noch bevorsteht.

Es bleibt dabei: Die Handlung und ihre Personen sind fiktiv! Über alles andere darf der Leser phantasieren, ist herzlich dazu eingeladen. Allgemein muss ich sagen, es gibt da einen Song, der geht so: „I've been to paradise, but I've never been to me. – Ich bin im Paradies gewesen, aber niemals bei mir selber." Das fällt mir jetzt gerade ein: Als ich den Roman geschrieben habe, da war ich – vielleicht zum ersten Mal in meinem Leben – ganz und gar bei mir.

Generell denke ich, man kann nur über etwas schreiben, das man auch erfahren hat. Dabei muss diese Erfahrung nicht unbedingt eigenes Erleben gewesen sein, aber es muss unbedingt eine Resonanz im Innern erzeugen. Anderenfalls wäre es nur ein Sachbuch. Es gibt Menschen, die eine Erfahrung machen, ohne ein greifbares Erlebnis zu haben, und es gibt auch jene, die aus Erlebnissen keinerlei Erfahrung gewinnen ...

Du kannst ja behaupten, dass du das Handwerk des Schreibens von der Pike auf gelernt hast; unter anderem von Helmut Meyer und Ludwig Turek, die wohl eher DDR-kundigen Menschen bekannt sein dürften ...

... was ja nichts über die Qualität dieser Lehrer und dieses Lernens aussagt. Ich bin eben in der DDR aufgewachsen. Bei meinem Mentor Helmut Meyer stand das Studieren anhand von Beispielen im Vordergrund. Wir beschäftigten uns intensiv mit der Poetik von Konstantin Paustowski und Erwin Strittmatter in Bezug auf Prosa, und mit der Lyrik Eva Strittmatters. Wir lasen uns im Zirkel schreibender Arbeiter unsere Arbeiten gegenseitig vor, kritisierten, lernten daraus. Es war ein sehr fruchtbarer Prozess. Von Helmut Meyer habe ich einen Brief, in dem er mir bereits mit zwölf Jahren bescheinigte, dass ich es literarisch einmal zu etwas bringen würde. Das machte mich damals – und macht mich auch heute noch – sehr stolz.

Deine Vorbilder, die wiederum aus der DDR-Literatur kamen, waren aber dann doch noch andere.

Ja, da waren natürlich viele. Nach wie vor bin ich ein großer Fan der Lyrik von Eva Strittmatter, und ich habe es auch der

14

Wochenzeitung DIE ZEIT nach ihrem Tod nicht durchgehen lassen, sie als „Wald- und-Wiesen-Dichterin" abzuqualifizieren. In der Prosa beeindruckte mich die literarische Sprache von Christa Wolf, und besonders geprägt hat mich der Stil von Hermann Kant. Ich weiß, er war und ist nicht unumstritten. Dennoch habe ich bei dem von ihm Geschriebenen stets auch einen kritischen Standpunkt entdecken können, wie er mir auch aus meinem kommunistischen Elternhaus vertraut war. Wenn ich, ohne Chance einer Rückkehr, auf eine einsame Insel geschickt würde und nur ein Buch mitnehmen könnte, so wäre es mit an Sicherheit grenzender Wahrscheinlichkeit Kants Roman „Okarina". Seinen Roman „Der Aufenthalt" würde ich zur Pflichtliteratur in Oberschulen erheben.

Kants Name korrespondiert mit seinem Stil: Es ist ein kantiger, schwieriger, verschachtelter Denkprozess, dem man sich anheimgeben muss, wenn man ihn verstehen will. Er fordert seinem Leser etwas ab. Generell mag ich Bücher, die sich auch nach mehrmaligem Lesen immer wieder neu entdecken und erforschen lassen. Ich mag es, auf Gedankengänge mitgenommen zu werden. Allerdings ist Kants Schreibstil nicht ganz meiner, und so setze ich seinen stilistischen wie auch thematischen „schartigen Schollen" gerne meine etwas sanfter daherkommenden „blau beblühten Bollwerke" und „wogenden Wisterien" entgegen.

Du bleibst im Grunde deinem in den Gedichten gepflegten Stil auch in der Prosa treu, beschreibst genüsslich Vorgänge in der Natur, um sie auf menschliches Verhalten zu übertragen.

Das hat sich für mich bewährt, uns so lebe und erlebe ich es täglich selber. Ich bin sehr abhängig von Landschaft und Wetter, schon aus gesundheitlichen Gründen. Auch andere Dichter hatten diesen direkten Bezug zur Natur im Gegenspiel zur Gesellschaft –

Goethe, Rilke, nicht zuletzt Eva Strittmatter. Sie haben erkannt, dass man in der Natur höher schwingt, besser wahrnimmt. Das lässt sich einfangen. Für mich sind Gedichte wie Einmachgläser. Der Strom aus Gedanken und Gefühlen lässt sich darin gut und für unendlich lange Zeit konservieren. Wichtig ist es, Papier und Stift oder ein Diktiergerät bei sich zu haben. Die Gedanken, wenn sie kommen, sind flüchtig – wie ein Parfum. Wenn ich sie nicht gleich festhalte, sind sie mir später entweder verloren gegangen oder fremd, nicht mehr zu fassen.

Obwohl du glaubst, dass Computer nicht wirklich das Leben erleichtern, bedienst du dich aber wenigstens beim Schreiben des Computers.

Ich kann mir heute gar nicht vorstellen, wie man ein Buch – einen Roman vielleicht wie „Krieg und Frieden" oder „Die drei Musketiere" – handschriftlich verfassen konnte. Ich habe mich niemals dem Fortschritt verschlossen. Dennoch gibt es eine Grenze, und die liegt für mich beim gedruckten Buch. Ich werde niemals eines meiner Bücher als E-Buch herausbringen.

Der Prozess des Bücherschreibens ist vielschichtig. Das Buch entsteht im Kopf, nicht auf dem Papier. Jemand sagte einmal, dass Schreiben wie Schauspiel mit Worten sei, und gleichzeitig ein Kampf mit der Sprache. Für mich ist es eher Malen mit Worten und eine Auseinandersetzung mit Sprache, die ich wie Farbe verwende. Das ist der schöpferische Teil.

Dann gibt es aber den technischen Teil. Wenn man wie ich aus finanziellen Gründen bei „Books on Demand" verlegt und auch noch alles selber macht, wird einem schnell klar, dass das Schreiben des eigentlichen Textes das Geringste von allem ist. Einen großen Aufwand an Arbeit und Zeit nimmt das Korrekturlesen ein. Selbst wenn man das fertige Werk zehn- oder zwanzigmal liest, fallen einem beim einundzwanzigsten Mal immer noch eklatante Druckfehler auf, die man vorher überlesen hat. Und dazu kommt, dass man am Bildschirm noch viel, viel weniger sieht als auf bedrucktem Papier. Also bleibe ich beim guten alten analogen Buch. Nicht nur, weil man da auch mal zurückblättern, unterstreichen oder Anmerkungen dazuschreiben kann, sondern weil es einfach ein dreidimensionales Erlebnis ist. Weil man anders liest. Weil man sieht und fühlt und riecht. Weil alte Bücher vergilben, einen Geruch und eine Persönlichkeit entwickeln. Weil man mit den Händen über Einbände streichen kann. Für mich ist das elektronische Buch nur wie ein Bild von etwas. Ein „richtiges" Buch jedoch ist das Original.

Du beschreibst den Prozess der Entstehung eines Buches wie eine Schwangerschaft ...

Es ist wie eine Schwangerschaft – manchmal eine geplante, öfter eine eher ungeplante. Plötzlich bleibt die „Regel" aus, und ich befinde mich in einem irregulären Zustand. Auf einmal kreisen die Gedanken um einen vorher nicht dagewesenen Nukleus. Oftmals spüre ich am Anfang nur wenig – es ist mehr wie eine Ahnung. Aber es reift in einem heran. Regelmäßig in den ersten Monaten gibt es „Morgenübelkeit" in Form von permanent einströmenden Gedanken, vornehmlich beim Hundespaziergang. Die muss man sozusagen loswerden, indem man sich beim Nachhausekommen sofort hinsetzt und die taufrischen Ideen auf kleine Zettel schreibt. Diese Zettel kommen dann in den berühmten *jeanpaulschen* Zettelkasten und bilden später, sortiert, das Gerüst fürs Exposé. Egal wie lange der gesamte Prozess braucht – Tage oder gar Jahre –, man ist wie eine Schwangere in Gedanken immer irgendwie bei dem, was sich da entwickelt. Manchmal recht schnell, manchmal auch erst nach längerer Zeit, spürt man das „Kind" sich bewegen, was deutlich zeigt, dass es beginnt, etwas Eigenständiges zu werden.

Manchmal ist es vermeintlicher Stillstand, manchmal wie ein Rausch; immer aber ist es ein ganz natürlicher Vorgang, der Zeit braucht und Raum. Wenn es dem Ende entgegengeht, setzen die Wehen ein. Selten ist es eine Sturzgeburt. Oft dauern die „Wehen" (in Englisch treffend: *labour* – „Arbeit" genannt) sehr lange. Irgendwann dann hält man das „Kind" in den Händen; fühlt sich glücklich, erschöpft – und auch ein bisschen leer.

Glaubst du, mit deiner Literatur etwas bewegen, etwas zum Besseren verändern zu können?

Für mich persönlich – ja! Für die Welt da draußen bin ich mehr als skeptisch. Diese Welt benimmt sich, als habe es einen Tolstoi, einen Tucholsky, einen Stefan Zweig nie gegeben. Auch, als habe es „Imagine" von John Lennon, „Blowing in the Wind" von Bob Dylan oder „Sag mir wo die Blumen sind" nicht gegeben. Und wir können noch weiter zurückgehen, zu Gandhi, Jesus ... Manchmal frage ich mich ernsthaft, was Literatur, Musik, Kunst oder spirituelle Lehren wirklich bewirkt haben.

Hier stellt sich die Frage nach Sinn und Zweck. Der Jahrmarkt der Eitelkeiten ist voll von Gauklern; es tummeln sich da aber auch viele Narren und nicht wenige Clowns. Auf der anderen Seite weiß ich auch, dass man ins Feuilleton nicht unbedingt immer der Leistung oder der Qualität wegen kommt.

Alle meine Bücher habe ich zunächst einmal nur für mich selber geschrieben; um aber der Nachfrage meiner eigenen kleinen Fangemeinde zu genügen, entschloss ich mich dann, vier davon zu veröffentlichen. Dabei habe ich, da ich nicht über große finanzielle Mittel verfüge, alles – bis auf den Druck – selber bewerkstelligt, also Lektorat, Korrektorat, Umschlaggestaltung, Lizenzverhandlungen etc. Beim Korrekturlesen stand mir allerdings ein treues Team guter Freunde zur Seite, ohne die ich diesen Teil des Prozesses nicht hätte bewältigen können. Es war alles in allem, wie der Engländer sagen würde, „a labour of love" – eine Arbeit aus Liebe ... und Leidenschaft.

Aber die Publikation hatte nie zum Ziel, die Welt zu verändern oder Ruhm und Geld für mich zu mehren. Kein Geld und keine Berühmtheit könnten meinem persönlichen Glück, das ich erlebe, noch etwas hinzufügen oder der Welt, in der wir alle leben müssen, zu mehr Gerechtigkeit oder Friedfertigkeit verhelfen. Über Letzteres mache ich mir also keine Illusionen.

Die Auseinandersetzung mit Sprache ist beinahe so etwas wie ein Hobby von dir.

Ja, und ich ärgere mich auch oft. Zum Beispiel über die vielen, ohne Not im Deutschen verwendeten Anglizismen. Auf die Gefahr hin, mich zu wiederholen: Wenn eine junge Frau sagt, es käme ihr auf ihren *Body* sehr an, dann frage ich mich, ob ihr der Begriff „Körper" wirklich nicht zur Verfügung stand. Auch über englische Ausdrücke ärgere ich mich; die Englischsprecher sind da nicht besser und haben oft auch einen recht eigenwilligen Journalismus-Stil.

Im Deutschen höre ich jetzt immer wieder einen in meinen Ohren besonders albernen Fauxpas. „Ich mache das, seit ich acht bin!" wo es doch heißen müsste „... seit ich acht *war*.", denn die Person ist ja in der Regel nicht mehr acht, sondern jetzt erwachsen.

Ausgesprochene „Kraftworte" sind gesellschaftsfähig geworden; *Selfies, Hashtags, Grexit* und *Brexit* wurden zu Alltagsbegriffen. Interessant finde ich Unterschiede zwischen Deutsch Ost und Deutsch West. So musste ich neulich zur Kenntnis nehmen, dass die beliebte Achtziger-Jahre-Frisur im Westen „Vokuhila" – Vorne kurz, hinten lang – genannt wurde, während wir in Ost-Berlin dazu „Defti" sagten.

Lustig im negativen Sinn finde ich unnötige Wortneuschöpfungen. Fernsehköche haben es hier zur Meisterschaft gebracht, um sich und ihre Gerichte sprachlich aufzuwerten. Da wird *an*blanchiert, *ab*gegart und *aus*gedämpft, was das Zeug hält. Da fallen Sätze wie: „Diese Soose (nicht: Soße!) hat eine höhere Deckung!" oder „Der Kohl ist nicht ganz so senfig." Brauchen wir so einen Sprachquatsch?

Was eigentlich geschah mit so schönen Worten wie *Almanach, Stelldichein, Schmunzeln* oder *Wirtshaus*? Die gute alte, poetisch klingende *Ideenschmiede* ist zum *„Think-tank"* verkommen, in dem *„Brainstorming"* stattfindet. Schon lange *schmausen* wir auch nicht mehr, weil wir kaum mehr genießen können und stattdessen alles – Essen und Information – im Überfluss haben und wahllos in uns hineinstopfen.

Eines meiner Lieblingswörter war immer der *Flüchtigkeitsfehler*. Ich weiß gar nicht, ob dieser Begriff heute noch gebraucht wird. Er beinhaltete ja schon die Entschuldigung für einen gemachten Fehler. Flüchtigkeitsfehler waren nur halb so schlimm, denn der Begriff stellte ja klar, dass der Betreffende es eigentlich richtig gewusst und nur deshalb falsch gemacht hatte, weil die Gedanken flüchtig gewesen waren. Und auch die Flucht aus dem Alltag in angenehmere Gedankenwelten war dann schon halb vergeben.

Wenn ich in dieser Hinsicht einen Wunsch frei hätte, würde ich mir die Rückkehr solcher klingender Worte in unser Alltagsvokabular wünschen. Und könnte mal bitte jemand das bescheuerte Wort „lecker" verbieten? Danke!

Gibt es Lieblingsworte in Sachen schwierige Schreibweise?

Gingko und Libyen, beziehungsweise Ginkgo und Lybien. Haha!

20

# Persönliches

Was bedeutet dir die Landschaft der Griechischen Insel, auf der du seit nunmehr neun Jahren lebst?

Kefaloniá ist für mich eine der schönsten Griechischen Inseln. Sie ist sehr groß und doch ziemlich unbekannt, unberührt durch beinahe jede Art von Massentourismus. Der Verwaltungsbezirk, in dem ich lebe, hat viele Mikrolandschaften, die mich jeweils an diverse Gegenden aus meiner Kindheit und Jugend erinnern. Es gibt eine Französische Ecke, eine Straße die mich an Köpenick erinnert, sogar eine Irisch anmutende Wiese. Für jeden etwas … In meinem unmittelbaren Wohnumfeld gibt es eine ganze Anzahl hoher Bäume, was für mich sehr wichtig ist. In Irland hatte ich am Fehlen höherer Bäume regelrecht gelitten; alles war flach. Hier gibt es hohe Berge, die scheinbar direkt ins Meer abfallen – eine sehr abwechslungsreiche Landschaft.

Im Herbst gibt es Pilze, was ich besonders liebe. Die Griechen nehmen Pilze nicht wirklich als Nahrung wahr. Viele, mit denen ich sprach, hielten alle Pilze für ungenießbar. Das ist für mich von Vorteil, so entfällt die Konkurrenz. Einmal, als ich einem griechischen Bauern erklärte, dass es essbare Pilze gebe, brachte er mir am nächsten Tag eine Stiege Pilze, die auf seiner Wiese wuchsen. Es waren weiße Knollenblätterpilze. Ich habe den Mann natürlich umgehend aufgeklärt.

Auch Obst liegt viel herum. Angeblich heben Griechen Fallobst nicht auf. Aber auch an den Bäumen bleibt vieles dem Verderben überlassen. Das ist nicht nur schade, es ärgert mich. Ich bin zu sehr ein Kind meiner Zeit, eine Tochter und Enkelin der Kriegs- und Hungergeneration, und ein Kind des Ostens. Am liebsten würde ich alles aufheben, alles pflücken und verwerten, was natürlich nicht möglich ist.

Bist du vollständig in Griechenland angekommen oder gibt es – ähnlich wie bei deiner Irischen Zeit – immer noch Ressentiments?

Nein, ich bin hier angekommen und fühle mich sehr zuhause. Die Griechen – die ich ja gerne als die Iren des Südens bezeichne – sind interessierte, offene Menschen, wenngleich sie auch manchmal hart sein können, weil das Leben für viele von ihnen hart war und noch – oder wieder – ist. Irland war gastfreundlich, Griechenland ist herzlich und direkt. In welchem anderen Land in Europa kann, ohne eine Verstimmung hervorzurufen, eine Nachbarin der anderen bezüglich deren Ehemannes übern Zaun zurufen: „Koch´ ihm kein Essen – er ist eh zu fett!" Das ist keine Beleidigung, das ist Humor. Den haben die Griechen auch nicht in den Krisenjahren verloren. Sie feiern immer noch das Leben, essen und trinken gerne und gut, wenn auch einfach.

Eine schöne Sitte finde ich zum Beispiel „Tsiknopémpti", den Rauchdonnerstag. Dieser Tag liegt immer elf Tage vor Rosenmontag. Auf den Plätzen, vor den Läden, überall stehen große Grills. Jedermann ist eingeladen, so viel zu essen, wie er mag. Oft gibt es auch freie Getränke. Das Fleisch und der Wein sind gesponsert von denen, die es sich leisten können, und die Armen können sich satt essen. Es artet in ein großes Festival aus, und überall liegt der Duft von Gebratenem in der Luft.

Griechische Läden sind auch Zeitmaschinen für mich. Hier gibt es vieles, was ich aus der Kindheit kenne, wenn mein Vater, der Pilot war, bestimmte Lebensmittel aus der damaligen Sowjetunion mitbrachte. Hier haben auch die kleinen Läden und weniger bekannte Produktmarken noch eine reelle Chance. Das finde ich sympathisch. Und das Warenangebot erschlägt einen nicht.

Solidarität wird groß geschrieben. Es passiert häufig, dass ein winkender älterer Mensch am Rand der Straße steht, der den Bus verpasst hat oder sich den Fahrpreis nicht leisten kann. Natürlich nimmt man den dann mit, und oft ändere ich sogar mein Fahrtziel und fahre denjenigen dann in die Hauptstadt, obwohl ich nur im Nachbardorf zum Bäcker wollte. Das ist hier normal.

Du ergehst dich in deinen Büchern gerne in Landschaftsbeschreibungen. Offenbar hat es dir die griechische Landschaft besonders angetan.

Naja, hier gibt es auch Regentage, graue und ungemütlich kalte Zeiten, besonders am Beginn des Jahres. Aber noch in der schlimmsten Novembernacht, nach dem heftigsten Gewitter und wolkenbruchartigen Regen, zirpen manchmal ganz zart die Grillen, und das Käuzchen schreit wie im Sommer. Nach einem regnerischen, wolkenverhangenen Wintertag kann es am Abend atemberaubende Schauspiele am Himmel geben; ein Bilderreigen von Blicken übers Meer in die griechische Insellandschaft, der jeden Fotobildband in den Schatten stellt.

Dann ist da das Strahlen der Häuser, besonders in den Frühjahrs- und Herbstmonaten. Früher, in Mitteleuropa, hatte ich panische Angstträume vor dem Ende des Sommers und dem kalten, dunklen Winter. Das habe ich hier jetzt nicht mehr. An die raschen Morgen- und Abenddämmerungen musste ich mich erst gewöhnen. Aber dafür ist der kürzeste Tag des Jahres längst nicht so kurz und schrecklich wie in Mitteleuropa, und der längste Tag ist nicht so spektakulär lang.

Allerdings fehlt mir gelegentlich ein richtiger frostiger, verschneiter Wintertag. Eigentlich müsste ich mich ja nur ins Auto setzen und auf den Mount Aínos fahren, wo auch im Winter

Schnee liegt, und den ich wenigstens von meinem Küchenfenster aus sehen kann. Insgesamt fühle ich mich hier landschaftlich, wettermäßig und gesellschaftlich sehr wohl. Das liegt, denke ich, an dem durch meinen Großvater in mir fließenden Balkanblut.

Auch wenn ich mir manchmal selber einen gewissen Stress mache: Gegen die sich immer schneller drehende Welt und eine alles beherrschende, von außen aufgenötigte Hektik ist dieses Land für mich ein Born der Entschleunigung. Für meine Gefühlslage hinsichtlich Griechenland gilt: Ex Oriente Lux!

Es gibt also gar nichts Kritikwürdiges?

Nun, natürlich gibt es auch Kritikwürdiges oder zumindest Dinge, die ich nicht verstehe. In die gesellschaftlichen Gegebenheiten, das Gesundheitswesen, andere alltägliche Sachen, da musste ich mich erstmal einleben. Da war es oft auch gut, gelernter DDR-Bürger zu sein. Vieles hier erinnert daran. Manchmal muss man laut werden. Manchmal muss man in einen Sitzstreik gehen, um das Gewünschte zu erreichen – vielleicht den Umtausch eines defekten Gerätes, das man gerade gekauft hat. Ich habe hier durchaus das Schreien gelernt. Das ist dann noch die einzige Sprache, die hier verstanden wird. Jeder lebt in seiner eigenen Welt – na schön. Aber muss man das wirklich als Erklärung akzeptieren, wenn einem hier in Griechenland sehr oft völlig unbetrunkene und auch nicht von auswärts stammende Autofahrer auf der eigenen Fahrbahnseite entgegenkommen und scheinbar auch gar nicht die Absicht haben, vor einem Zusammenstoß auszuweichen? So was regt mich auf.

Richtig wütend macht mich in den Wintermonaten das völlig unsinnige Schießen von Vögeln. Manche Möchtegern-Cowboys ballern mit ihren Gewehren sogar innerhalb des Dorfes herum, was eigentlich streng verboten ist. Überhaupt braucht ein Mensch, der Tiere liebt, hier gute Nerven.

24

Ich begreife auch immer noch nicht, wie die meisten Griechen die meiste Zeit des Jahres hinter verschlossenen Fensterläden verbringen können, warum sie so viele Früchte nicht abernten und Fallobst nicht aufheben. Aber das muss ich akzeptieren.

Generell lebt man hier ganz gut, wenn man dem Satz folgt: Glaube nichts und halte alles für möglich.

Fehlt dir hier etwas? Vermisst du etwas?

Natürlich würde ich gerne mal einen Matjeshering essen, nicht ein halbes Vermögen für eine Buttermilch ausgeben müssen – und Quark fehlt mit immer noch beinahe schmerzlich. Aber einmal im Jahr gibt's – wenn man Glück hat – auch Hering, und das ist dann ein genussvolles Glück.

Man lernt, mit dem Fehlen bestimmter Dinge umzugehen. Für mich ist Überfluss problematischer. Ich finde, dass man kreativer wird, wenn man nicht abgefüllt und satt an allem ist. Das ist ein Gefühl, das mich an meine Kindheit und Jugend in der Mangelgesellschaft der DDR erinnert. Ich kann mich nicht erinnern, damals deswegen unglücklich gewesen zu sein.

Noch was Positives?

Mir fiel auf, dass hier für Alte und Gebrechliche noch viel mehr in der Familie gesorgt wird. Das setzt sich auch im Krankenhaus fort. Die Familie spielt bei der Krankenversorgung im Hospital eine große Rolle; alleine schon, weil es oftmals vom Pflegepersonal gar nicht alles geleistet werden kann. In dieser Hinsicht steht hier, trotz Staatskrise, noch der Mensch im Vordergrund. Altern wird als Teil des Lebens angesehen, was es ja auch ist. Übrigens habe ich in staatlichen Krankenhäusern bis jetzt auch niemals die Erfahrung machen müssen, dass Ärzte unnahbare Götter in weiß sind. Natürlich gibt es immer auch „schwarze Schafe". Aber die Regel ist das hier nicht.

Du hast Schwierigkeiten gehabt mit diversen Hundeattacken. Dabei gibst du dem sorglosen Umgang der Griechen mit ihren Haustieren die Schuld ...

Jedenfalls waren alle Attacken ausgelöst durch Hunde mit jeweils erkennbaren Besitzern, die ihre Tiere aber nicht im Griff hatten; also nicht durch Streuner. In zwei von diesen Fällen endete mein Hund mit Bisswunden beim Tierarzt, einmal endete ich mit zerbissener Hand in der Notaufnahme. Seitdem läuft immer die Angst mit, wenn ich mit meinem Hund rausgehe. Aber ich lasse mich nicht verrückt machen. Jedes Mal, wenn ich die frische Hinterlassenschaft eines Vierbeiners sehe, verbiete ich mir, eine Vorstellung von der Größe des betreffenden Hundes zu entwickeln oder mir auszumalen, ob das Tier begleitet oder unbegleitet unterwegs war; und wenn begleitet, ob dann auch angeleint und unter Kontrolle. Ansonsten dürfte man ja überhaupt nicht mehr aus dem Haus gehen. Ich will und muss mich zwingen, angstfrei zu leben. Das ist, abhängig von der Tagesform, nicht immer möglich. Man merkt auch, dass mit dem Alter die Haut dünner wird, weil man physisch verletzlicher wird.

Es ist ein wenig wie mit dem posttraumatischen Stress. Die Gefühle, die sich da manchmal einstellen, entbehren jeder Logik. Aber sie sind eben doch unterschwellig da.

Grundsätzlich verstehe ich nicht, wie Mitmenschen dermaßen ohne Rücksicht gegenüber Anderen, und auch ihren eigenen Tieren gegenüber, agieren können. Und mich persönlich ärgert einfach, dass ich nach so vielen angstfreien Jahren im Umgang mit nicht immer ungefährlichen Tieren nun, mit sechzig, plötzlich mehr Angst vor Hunden entwickelt habe als vor Erdbeben ...

Du erwähnst eine an Irland erinnernde Landschaft. Also hat die Erinnerung an Irland eine Bedeutung für dich?

Über meine Schwierigkeiten mit Irland – mit seinem Klima, seinen Alltäglichkeiten und zum Teil auch seinen Menschen – habe ich ja bereits in meinem ersten Buch „Zwischen den Welten" berichtet. Dennoch: Ich habe dort elf Jahre verbracht. Es ist in mir, es ist ein Teil meines Lebens, und ich habe ein kleines warmes Gefühl in mir bewahrt für das Irische. Immerhin ist ja auch mein Mann Ire, und ich setze mich täglich mit dem „Irischen Wesen" auseinander. Aber während meine Sehnsucht nach dem Süden immer brennend war, wird meine Sehnsucht nach Irland seltsam subtil bleiben ... Nur wenn jemand „Südirland" sagt, wo die Republik Irland gemeint sein soll, dann werde ich zur glühenden Patriotin.

Übrigens: Hätte ich das Buch „Zwischen den Welten" heute geschrieben und nicht schon vor ein paar Jahren, dann wäre sicher noch ein weiteres Kapitel über Irland dabeigewesen. Mich hat ja immer beeindruckt, dass Irland schon am Beginn des zwanzigsten Jahrhunderts den ersten weiblichen Minister in Europa hatte und gleich zweimal hintereinander jeweils zwei Präsidentinnen. Umso erstaunlicher, dass es sich, als ich dorthin kam, in gewisser Weise noch im Mittelalter befand, weil die katholische Kirche die meisten Aspekte des Lebens fest im Griff hatte. Doch so schnell, wie sich die Dinge in den letzten paar Jahren dort gewandelt haben, konnte man gar nicht gucken, und das nötigt mir großen Respekt ab. Ich meine die Liberalisierung von homosexuellen Ehen und vom Abtreibungsgesetz. Nie, niemals in meiner Lebenszeit, hätte ich das erwartet! Es gehört zu den drei Dingen, die ich als für mich nicht mehr erlebbar eingestuft hatte: dass die Berliner Mauer fällt, dass mein Mann aufhört zu rauchen (vor mehr als zwölf Jahren) und dass es in

Irland irgendwann gleichgeschlechtliche Ehen und unter bestimmten Bedingungen auch Abtreibungen geben kann.

Als das erste Gesetz die Hürden passierte, da kam mir ein Satz von Mark Twain in den Sinn. Eines meiner Lieblingsbücher von ihm ist „Ein Yankee an König Artus´ Hof", und darin kommt der Satz vor: „Der Krähenhorst war baff!" Nun meinte Twain mit dem *Krähenhorst* die in und auf Baumstämmen lebenden Einsiedler, aber angesichts der schwarzen Farbe ihrer Alltags-Dienstkleidung gefiel mir der Begriff auch als passend für Priester. Und wirklich: Der irische Krähenhorst war baff! Chapeau!!!

Welche Rolle spielt die Landessprache für dich?

Ich finde sie enorm wichtig. Und ich bin ein wenig traurig, dass mir das Lernen einer neuen Sprache – in diesem Fall des Griechischen – nicht mehr so leicht fällt wie in jüngeren Jahren. Ich verstehe recht gut Griechisch, kann es einwandfrei lesen, aber mir fehlen zum fließenden Sprechen die Vokabeln, viel an korrekter Grammatik und vor allem die Gelegenheit zum Praktizieren. Das hört sich unglaubwürdig an, aber wenn man bedenkt, dass mein Mann Ire ist und jeder, der uns kennt, uns automatisch in Englisch anspricht, leuchtet es schon ein. Meine Bücher schreibe ich in Deutsch; Fernsehen ist entweder deutsch oder englisch, seltener französisch … und ich *muss* eben nicht Griechisch sprechen, um mich im täglichen Leben durchzuwursteln. Dennoch versuche ich es, so oft es sich anbietet. Nur habe ich akzeptiert, dass ich es in diesem Leben darin nicht mehr zur Meisterschaft bringen werde.

Wollen wir mal zum Auflockern einige Stichworte behandeln – mit der Bitte um möglichst kurze Statements?

Bitte, gerne.

Okay. Erstes Stichwort: Musik.

Sehr wichtig im Leben, hat mich – wie schon geschildert – zu einigen literarischen Arbeiten inspiriert. Aber Musik ist in unserer heutigen Zeit auch eine Plage. Supermarkt, Restaurants, Arztpraxen, Verkehrsmittel – man kann ihr nicht entkommen. Oft ist es eine Zumutung. Und im Fernsehen gibt es auf bestimmten Sendern gar keine Sendungen mehr, in denen nicht zu jedem Thema ein entsprechender Hit geplärrt wird. Das stört mich.

Theater?

Früher gerne und viel. Jetzt mangels griechischer Sprachkenntnis naturgemäß nicht mehr Teil meines Alltags.

Oper?

Da habe ich keine Antennen dafür. Ich mag aber Klassik, liebe Mahler, Tschaikowski, Bach, Prokofjew ... Aber, und das gilt für alle Musik: Ich kann sie nicht nebenbei hören. Arbeit und Musik ging noch nie bei mir; Ausnahme: Autoradio.

Besitz?

Nicht als Statussymbol. Immobilien machen immobil. Es gibt Dinge, die ich selbst mit dem nötigen Kleingeld mit Sicherheit nie haben würde: ein SUV, Navi, Drohne, Swimmingpool, eigene Villa, Motorboot, ... die Liste könnte ich fortsetzen.

Unentbehrliche Dinge?

Neben Essen und Trinken, sauberer Luft und Dach überm Kopf: Freunde, Tiere, einen Laptop zum Schreiben, ein Telefon zum Telefonieren, eine Gartendusche und hier auf der Insel leider auch ein kleines Auto.

Kochen?

Ja, gerne. Aber bitte nicht mehr im Fernsehen. Ich koche, bedingt durch meinen Mann, viel und gerne, esse aber wenig. Mir ist Rohes und Ungekochtes lieber. Wenn gekocht und gebacken, muss es leicht sein.

Neid?

Eigentlich niemals. Eine Ausnahme: Als ich noch in Irland lebte, da zogen – unabhängig voneinander – zwei Paare nach Spanien. Da fühlte ich so etwas wie Neid. Es war kein grüner, missgönnender Neid. Ich war auch nicht neidisch auf die Leute, denen ich alles Glück der Welt wünschte. Ich war neidisch auf deren Möglichkeit, dem grauen Irischen Wetter vermeintlich für immer zu entfliehen. Dass dieser Neid gänzlich sinnlos war, zeigte sich später: Das eine Paar hatte in Spanien kein Glück und kam schnell wieder; bei dem anderen Paar starb erst der Mann, und dann bekam die Frau Krebs und kam auch wieder zurück. Da begriff ich, wie absurd Neid ist.

Stolz?

Den kann man nur empfinden für etwas, das man selber erreicht oder geschaffen hat, oder an dem man beteiligt war. Daher sind mir Nationalstolz, Stolz auf eine Mannschaft (deren

Spieler heutigentags oftmals gar nicht mehr viel mit dem Land, für das sie spielen, zu tun haben), auf eine Fahne oder Nationalhymne, völlig fremd.

Zynismus?

Kann ich nicht leiden. Er ist der hässliche Bruder des Sarkasmus. Jemand sagte mal, es sei der Humor der Glücklosen.

Bist du stur?

Allenfalls bin ich stoisch. Wenn ich einmal etwas angefangen habe, dann wird das in der Regel stoisch durchgezogen – egal wie lange es dauert. Es heißt, Stoizismus sei das Gegenteil von Hysterie.

Soziale Netzwerke?

Ja, habe ich. Heißt bei mir: ein großer, analoger, verlässlicher Freundeskreis, sowohl in Griechenland als auch in Deutschland.

BER?

Unfassbar! Ende des sechzehnten Jahrhunderts brauchte man für den Bau einer Festung hier auf der Insel ganze zwei Jahre. In anderen Ländern schüttet man heutigentags Inseln im Meer auf und baut darauf Flughäfen, und die werden auch eröffnet und funktionieren sogar! Der BER ist mir in so vielen Aspekten ein Rätsel, dass ich nur sagen kann: Ich sehe dem Rückbau des zur Zeit umweltfreundlichsten Flughafens der Welt mit Spannung entgegen und würde die Rückentwicklung des Geländes in ein Naturbiotop gerne noch erleben.

Typisch Irisch ist ...?

Der übergroße Hang zu Bier und Kartoffeln.

Typisch Deutsch ist ...?

Mitklatschen, immer und überall!
(Mein Mann will immer, dass ich es ihm erkläre, kann ich aber nicht!)

Und typisch Griechisch ...?

Gerne und vor allem laut reden, gerne viel essen und nur wenig Bier trinken, und für Männer: Kombolói-Klackern.

Was ist in Griechenland ganz anders?

Die Sache mit dem Toilettenpapier ...

???

Das soll – bitte, gerne – jeder selbst herausfinden.

Ein wichtiger Lebenstipp?

Egal was passiert: Überlege dir immer, was das Schlimmste wäre, das passieren könnte. Das relativiert nicht alles, aber vieles.

Hast du ein Bonmot?

James Bond mochte seinen Drink auf die allseits bekannte Art: geschüttelt, nicht gerührt. Ich mag mein Leben gerüttelt, nicht geschürt.

Was heißt das?

Ich mag es, wie meine Oma immer sagte, „gerüttelt voll" mit allen Arten von Erlebnissen, Erfahrungen, Begegnungen und Beobachtungen ganz unterschiedlicher Art. Ich mag es nicht, wenn Vorurteile, Missgunst oder Hass geschürt werden.

Was würdest du als deine größte Triebfeder bezeichnen?

Ausdauer und vor allem anderen: Hoffnung. Ich bin fest davon überzeugt, dass das Schlimmste, was es geben kann, ein Mensch ohne Hoffnung ist.

Du beobachtest im täglichen Leben sehr genau ...

Eigentlich beobachte ich nicht wirklich bewusst, vielmehr registriere ich Dinge. Ich schnappe viele Dinge relativ leicht auf. Zum Beispiel hörte ich neulich, dass der Computer, der bei der ersten Mondlandung zur Verfügung stand, weniger Speicherkapazität hatte als heutzutage jedes Smartphone in irgendeiner Hosentasche. Das nötigt mir Bewunderung ab – für die Mondlandung. Und dann schleicht sich so ein Gedanke ein wie: *Zum Mond konnten sie schon Ende der 60er Jahre fliegen – aber wieso ist es mir bis heute nicht gelungen, eine dauerhaft funktionierende Pfeffermühle zu bekommen?* Das sind so Überlegungen, die sich einstellen, und manchmal wird auch eine Idee für eine Kurzgeschichte draus.

Hast du Humor?

Ja, ich habe und ich liebe Humor. Allerdings muss er intelligent sein. Karnevalshumor liegt mir zum Beispiel gar nicht. Ich mag den gekonnten Wortwitz, bei dem man gegebenenfalls auch ein-, zweimal um die Ecke denken muss. Ich mag auch kluge Aphorismen. Ich denke sowieso, dass man dem allgegenwärtigen Wahnwitz im täglichen Leben nur Humor entgegensetzen kann. Das sind die Ingredienzien eines guten Lebens: Humor, gesunder Menschenverstand, Empathie, Liebe und Anstand – Anstand in dem Sinne, dass einem die Art, wie man sich der Welt präsentiert, gut ansteht. Man kann sich immer korrigieren, wenn einem das Bild, das man abgibt, nicht mehr gefällt. Nichts ist in Ton gehauen oder in Stein geschnitzt.

Auch für mich gilt, in Abwandlung eines gängigen Sprichworts: „Wer im Gasthaus sitzt, sollte nicht mit Weinen schmeißen."

Stimmt dich denn neben dem Humor noch irgendetwas versöhnlich?

Als ich neulich im griechischen Inselradiosender den Titel „Am Fenster" von City hörte, da hat es mich beinahe weggefetzt. Da sitze ich, sechzigjährig, auf einer griechischen Insel und höre im Radio den Titel, den ich mit zwanzig Jahren selber im Sender aufgelegt habe. Und wenn ich die griechische Sängerin Haris Alexiou die deutsche wie auch die griechische Version von „Als du fortgingst" singen höre, denn denke ich, hier hat sich ein Kreis geschlossen. Das sind gute Erfahrungen und Gefühle.

Möchtest du etwas zum Thema Synästhesie sagen?

Naja, das habe ich auch, und es ist nichts Schlimmes. Man kann das googeln. Es ist nicht mein Verdienst; ich wurde damit geboren. Grob gesagt ist es ein anderes Wahrnehmen von Dingen, gleichzeitig unter verschiedenen Aspekten. Beispiel: Für mich ist die Zahl Sieben grün und männlich, die Drei gelb, jung und unangenehm im Charakter; die Acht ist blau, weiblich und alt.

Musik höre ich und sehe sie gleichzeitig als Struktur, gelegentlich als Architektur. Flache, zweidimensionale Musik ist langweilig; manchmal bis zur Unerträglichkeit. Das kann ein einfacher banaler Song sein, der mich mit seiner Flächigkeit in den Wahnsinn treiben kann. Gut sind Songs von Burt Bacharach; sie erscheinen auf den ersten Blick zweidimensional, sind aber in Wirklichkeit vielschichtig. Sie haben ein sehr starkes Tongerüst, an denen sich die Wahrnehmung gut hoch- und runterhangeln kann. Eigentlich kann man es nicht erklären. Es ist einfach eine Art, Dinge wahrzunehmen, die angeboren ist.

Etwas, um das wir bei der Betrachtung deines Lebens nicht herumkommen, ist der Schmerz. Erst jahrelange Migräneattacken nach einer als Kind erlittenen Hirnhautentzündung, dann seit nunmehr drei Jahrzehnten eine mittlerweile chronisch gewordene Neuroborreliose. Wie lebt man damit?

Es ist nur konsequent, diesem treuen Begleiter in meinem Leben ein Kapitelchen zu widmen, auch wenn es kein sehr netter Begleiter ist. Aber es ist durchaus einer, der mich auch einiges lehrte – und davon, dass sich dieser Lehrmeister zur Ruhe setzt, kann keine Rede sein. Immerhin ist er – der Schmerz – mit kurzen Unterbrechungen seit etwa einem halben Jahrhundert bei mir. Kein Mann an meiner Seite hat das je geschafft!

Ich habe versucht, es in meinem ersten Roman zu beschreiben. Es ist, als ob ich morgens unter einem Meter Schutt erwache; einer Schicht, die mich zu Boden drückt. Das ist der Schmerz. Man sollte ja denken, dass Nerven, wenn sie langsam absterben, mit fortschreitendem Prozess weniger wehtun, aber das Gegenteil ist der Fall. Besonders der Schmerz in den Füßen ist schlimm. Am Ende des Märchens „Schneewittchen" muss die böse Stiefmutter-Königin zur Strafe in glühenden eisernen Pantoffeln tanzen … Daran denke ich manchmal.

Wenn der Schmerz mich einschließt, habe ich schon gelegentlich den Wunsch, alles möge zu Ende sein. Wenn ich dann langsam fit werde und aufstehen kann, ist es vorbei. Generell bin ich ja überhaupt nicht suizidal und halte nichts davon, sich durch eigenes Zutun davonzuschleichen. Wir alle haben ja noch sehr lange Gelegenheit, tot zu sein; da sollte man das wirklich kurze Leben nutzen und genießen – nutznießen. Ich kann sicher in den nächsten zwei Tagen sterben, von der Erkrankung oder aber einem herabfallenden Ziegelstein. Ich kann aber auch noch dreißig Jahre leben. Ich bevorzuge letztere Sichtweise – das Glas ist immer halb voll.

Mit Schmerz kann man allerdings auf verschiedene Weise umgehen. Man kann ihn akzeptieren. Haust du dir mit dem Hammer auf den Finger, kannst du darunter leiden, dann wird es schlimmer sein und länger andauern. Oder du kannst, wenn es wieder geht, den Schmerz bis zu einem bestimmten Punkt ignorieren. Ich denke wirklich, Schmerz ist zum Teil eine Sache der Einstellung. So habe ich – da Schmerzmittel sich mit mir nicht vertrugen – versucht, meinen Schmerz anzunehmen und zu lernen, damit zu leben. Ich weiß auch: Ohne die Krankheit, ohne den Schmerz, wäre mein Leben anders verlaufen. Man darf den Schmerz nicht kultivieren, aber ihn auch nicht verteufeln. Er will uns etwas sagen; die Frage ist nur: was?

Du sagst immer, Griechenland hat ganz viel mit dem Schmerz zu tun. Wie meinst du das?

Je nachdem, wie man seine Präferenzen im Leben setzt, können eigentlich widrige Lebensumstände durchaus bei der Realisierung von Träumen und Vorstellungen behilflich sein. Wer hätte nicht schon einmal von der lebensbedrohlichen Erkrankung gehört, die jemanden dazu gebracht hat, endlich einen Wunschtraum zu verwirklichen, oder davon, wie solche

Ereignisse die gesamte Sicht auf das Leben positiv verändern können.

Ein wenig ist es so bei mir. Die Annahme, für die Verwirklichung eines Lebens auf einer griechischen Insel bräuchte man gute Gesundheit und ein ebenso gesundes Bankkonto, trifft nicht immer zu.

Der – trotz Klimawandel – immer noch garantierte Sommer beschert mir eine immense Erleichterung. Ich bin ja sowieso so ein Sommermensch. Nicht dass ich es liebe, am Strand in der Sonne zu braten; das ist nicht mein Ding. Aber Sonne, Licht und Wärme sind wichtig. Wenn es so heiß ist, dass ich mich fühle wie nasse Wäsche, dann fühle ich mich schmerzmäßig am wohlsten. Und gegen das Schwitzen helfen dann Gartendusche und Wasserschlauch – das ist der reinste Luxus, da kommen kein Swimmingpool und kein Luxusbad mit. Das wirklich Gute liegt eben manchmal ganz woanders, als man denkt. Und manchmal im wirklich Einfachen.

Du hast für dein Leben den Begriff Arbeit immer ein wenig weiter definiert, als es eigentlich üblich ist. Du unterscheidest nicht zwischen notwendiger bezahlter und freiwilliger unbezahlter Arbeit, und nicht zwischen Arbeit, Jobs und Hobbys.

So ein Leben ist schon eine interessante Sache. Wenn man Glück hat – also, wenn man nicht gerade als reicher Erbe geboren wurde –, dann zwingt einen die Notwendigkeit dazu, viele Jobs zu machen. Immerhin wollen die täglichen Brötchen ja gekauft und die Miete bezahlt werden. Dementsprechend hatte ich in meinem Leben sehr viele verschiedene Lohn-Jobs, die nicht immer meiner eigentlichen Qualifikation entsprachen, mir aber einen großen Umfang unterschiedlichster Erfahrungen bescherten. So erinnere ich mich einer fernen Zeit, in der ich als Sekretärin arbeitete. Eine elektrische Schreibmaschine zu haben war damals das Größte, wollte man nicht immer mit viel Muskelkraft auf der alten mechanischen Apparatur herumhacken. Aber auch die Elektrische bewahrte noch nicht vor dem unsäglichen Kohlepapier für Durchschläge (Kopien) und vor dem unvermeidlichen Tipp-Ex. So schrieb ich ellenlange Referate für Stadträte und Reden für Bezirksbürgermeister. Und wenn diese dann entschieden, dass sie aber statt drei Zentimetern einen fünf Zentimeter breiten Rand für handschriftliche Zusätze haben wollten, dann wurde das ganze Gedöns noch einmal abgetippt. Welch eine Erleichterung brachte da der Computer! Gut, mein erster Computer war so groß wie eine mittlere Schrankwand, und man saß sozusagen in ihm drin. Jeder einzelne Befehl musste noch in Computersprache ausformuliert werden, und eigentlich war es schon traurig, wie wenig dieser Computer wirklich konnte. Okay, zum Mond hätte man es vielleicht mit ihm geschafft.

Spätestens mit dem Einzug der „Fenster" und dem Siegeszug des PC war dann auch dieses Problem behoben. Übrigens, um nach diesem kleinen Exkurs wieder zum Thema zurückzukommen: Arbeit und Zeit scheinen die Computer uns aber dennoch nicht zu ersparen.

Ja gut, aber komme doch bitte noch einmal zurück auf die Unterscheidung ...

Ich habe mein ganzes Leben lang klarzumachen versucht, dass Arbeit nicht nur bezahlte beziehungsweise gewerbliche Arbeit ist. Alles ist Arbeit. Ich verstehe mich lebenslang als Arbeiterin. Allerdings liebe auch ich die eine Arbeit mehr als die andere. Und ich spreche nicht vom Putzen. Selbst innerhalb der von mir so geliebten künstlerischen Tätigkeiten ... Oft ertappe ich mich dabei, eine Parallele von mir zu Leonardo da Vinci zu ziehen – nein, nicht wenn es ums Malen geht! Ich bin ja nicht größenwahnsinnig! Aber von dem Meister wird berichtet, dass er manchmal Jahre brauchte, um ein Ölgemälde zu beenden – wenn überhaupt. Das klingt sehr nach mir. Und er ergriff freudig jede Gelegenheit, seine Gemälde in die Ecke zu feuern, wenn ihm die Idee für eine neue, effektivere Maschine kam. Genauso ticke ich auch: Bis auf das Schreiben fehlt mir zu allen anderen künstlerischen Betätigungen – wie Malen oder Zeichnen – einfach die Geduld. Aber Arbeit wird mich immer begleiten, und sie ist mir als Quell für Erfahrung immens wichtig. Insofern werde ich bis zu meiner letzten Minute nicht aufhören zu arbeiten – an mir und an meinen Projekten.

Ein Priester erzählte mir einmal von dem Mann, der sich eine Hütte baute. Als sie fertig war, zog er weiter, ließ sich woanders nieder und begann erneut, eine Hütte zu bauen. Und so fort. Für mich ist es die perfekte Parabel zum Thema „Der Weg ist das Ziel". Ich kenne das selber: Der Weg ist mühsam; aber immer, wenn ich ein Ziel erreicht, etwas abgeschlossen hatte, fühlte ich mich leer und ausgebrannt. Deshalb werde auch ich immer wieder neue Hütten bauen.

Wie bist du mit deinen verschiedenen Berufen und Tätigkeiten, also mit den Lohnjobs, umgegangen?

Ich habe sie alle geliebt, auch wenn ich nicht immer alles mochte, was damit einherging. Schichtdienst war ebenso wenig mein Ding wie alles, was mit Technik zu tun hatte. Beruflich hatte ich daher auch meine Höhen und Tiefen. Um im Studio zu arbeiten, brauchte man technisches Wissen, und wir mussten noch die Morsesprache und das Reparieren ausgefallener Verstärker lernen. Für mich waren das böhmische Dörfer. Seit jeher waren alle technischen Dinge für mich „Black Box". Ich wusste allenfalls, was vorne hineingegeben werden musste, um hinten heraus das erwünschte Ergebnis zu erhalten. Was dazwischen vor sich ging, hat sich mir nie erschlossen. Dementsprechend war ich eine von keiner Theorie getrübte Fachkraft, wenn es um das „Fahren" von Sendungen ging, und ich hatte einen Stil des präzisen Schnitts und der schnellen Blende an mir, der für damalige Zeiten als rasant galt, heute jedoch in die Kategorie „langweilig" eingestuft werden würde. Daher war ich besonders bei den Engländern als Studiotechnikerin sehr beliebt, denn mein Stil war gründlich und erinnerte sie an die BBC, also an zuhause.

Eigentlich sollte es nicht ehrenrührig sein, zuzugeben wenn man etwas nicht so gut kann. Ich, zum Beispiel, kann nicht stricken, habe aber schon eine Anzahl an brauchbaren Topflappen, Decken und Schals gehäkelt. Künstlerisch hält man mich für einigermaßen begabt, und sicher kann man hinsichtlich Schreiben und Malen einiges Talent entdecken – allerdings würde mich jedermann von jeglicher Bühne pfeifen, würde ich zu Tanzen beginnen. Und beim Singen reicht es gerade mal so. Es ist also durchaus hilfreich, seine Stärken zu kennen und seine Schwächen ebenfalls. Was ist so schlimm daran zuzugeben, wenn man etwas nicht kann oder weiß? Warum nur fällt das einigen Politikern so schwer? Auch in der Politik ist mir nie ein Zacken aus der Krone gebrochen, wenn es etwas gab, das ich nicht verstand oder nicht ad hoc beantworten konnte.

Niemand ist vollkommen. Wer sich das klarmacht, lebt mit dem, was er oder sie macht – auch in und mit seiner Broterwerbsarbeit – wesentlich entspannter.

Gesellschaftliches

Gibt es eine Grundregel, die du für die Betrachtung gesellschaftlicher Vorgänge anwenden würdest?

Nun, wenn man es auf einen eher alltagsphilosophischen Nenner bringen wollte, dann würde ich Grandpa´ Walton aus der bekannten Familienserie zitieren: *Jeder guckt durch sein eigenes Astloch in die Welt.* Der resignierte Teil von mir hält es mit dem vermeintlichen Einstein-Zitat, *dass zwei Dinge in dieser Welt unendlich seien: das Universum und die menschliche Dummheit – nur beim Universum sei er sich da noch nicht ganz sicher.* Und der ironische Teil in mir sagt: *So richtig bescheuert zu sein lohnt sich heutzutage nicht mehr – die Konkurrenz ist zu groß.* Egal! Man muss der menschlichen Dummheit nicht auch noch nachgehen – es genügt, dass sie existiert.

Wer siegt?

Der Astloch-Teil. Man muss einfach wissen, dass jeder in seiner eigenen Blase sitzt und sein eigenes Weltbild pflegt. Das ist einfach so. Das macht diese ideologischen Astlöcher so hochgefährlich. Viele sind dann anderen Ideen oder Perspektiven gar nicht zugänglich. Das heißt nicht, dass das eine Entschuldigung für dummes Handeln oder bescheuerte Entscheidungen ist. Denn jeder kann versuchen, über seinen Tellerrand zu schauen. Das bedarf einer bestimmten Intelligenz. Intelligenz definiere ich nicht als vorhandene Klugheit, sondern als den Drang, immer wieder Neues lernen und sich entwickeln zu wollen – egal, wo man im Moment steht. Ich glaube, Charles Bukowski hat einmal sinngemäß gesagt, dass das Problem dieser Welt sei, dass die Intelligenten an sich selbst zweifeln, während die Dummen vor Selbstbewusstsein strotzen. Das kann man im Moment auch wieder auf der großen Weltbühne beobachten.

Bleiben wir mal kurz bei deiner Kindheit und Jugend in der DDR. Du stellst immer wieder heraus, dass das Bildungssystem, abseits der ideologischen Frage, ein sehr gutes war. Hast du Schule geliebt?

Die Schule habe ich in den ersten Jahren extrem geliebt. Ich hatte auch das Glück, von der Vorschule an großartige Lehrer zu haben. Das hörte auf, als ich die Schule wechselte und in die Oberstufe kam. Eisiger hätte ein Wind nicht wehen können. Meine Klassenlehrerin hasste mich und sagte das auch offen, weil ich mich da, wo es notwendig war, gegen den Strom stellte. Da ich das aber klug anstellte und fachlich die Klassenbeste war, konnten sie mir nicht am Zeuge flicken. Die Rache kam erst, als es um Abiturplätze ging. Da es noch einen Mitschüler gab, der ebenfalls denselben guten Notendurchschnitt hatte, jedoch linientreu war, wurde die Sache eben darüber geregelt: Er bekam den Abiturplatz, ich ging leer aus. Dennoch bereute ich meine Renitenz nicht.

Ich weigerte mich zum Beispiel, das Lied „Die Partei, die Partei, die hat immer Recht" zu singen. Mein Argument war: Niemand hat immer Recht! Ende! Ich meine, wir hatten schon komische Lieder. Wie konnte man in einem Staat wie der DDR singen „Wir sind jung, die Welt ist offen, o du schöne weite Welt!" Das fiel mir allerdings damals gar nicht so auf, denn reisen konnten wir ja, nur eben in östliche Richtung; aber dorthin ging es schon sehr weit. Nun durfte ja mein Pilotenvater beinahe überall hin fliegen, wohin es mir verboten war. Nur fiel mir das eigentlich gar nicht so auf, denn ich war noch sehr jung. Ich hatte meine eigene Freiheit: Ich stromerte in den Rangsdorfern Wäldern herum und bewohnte mit meinem Freund Udo ein aus Holzabfällen gezimmertes Baumhaus in einem stattlichen Kastanienbaum. Nebenher leistete ich mir noch eine Zweitwohnung in einem großen Walnussbaum im Garten meiner Oma. Das – und meine frei umherschwirrenden Gedanken – war meine Freiheit.

Irgendwer hat einmal im Fernsehen gesagt, die DDR war vierzig Jahre unbezahlter Urlaub von der Weltgeschichte. Das sehe ich ganz anders. Wir *waren* Weltgeschichte, und unsereiner saß mittendrin. Und wir sahen ja auch die Dinge, die vor sich gingen. Die Sichtweise des Ostens war – und ist – nur eben anders … wie Licht, das von hinten kommt, und das die Sehweise um 180 Grad dreht.

Gibt es Dinge, die sich nie verändern?

Die gibt es. Das wurde mir klar, als ich erstaunt feststellte, dass die Strukturen der Jugendorganisation in der DDR einschließlich vormilitärischer Ausbildung erschreckend an eine noch gar nicht so ferne Zeit erinnerten. Man denke doch nur an die Fackelzüge unseligen Angedenkens. Und nun, in der DDR, erlebte man so etwas wieder!

Aber erst später, nach der Wende, wurde mir klar, dass es niemals wirklich aufhört. Die Katholische Kirche agierte streckenweise wie Staat und Partei in der DDR. In der Politik durfte ich dann ähnliche Erfahrungen machen, die auf den gleichen Machtstrukturen und Verhaltensmustern beruhten. Und wenn man sich heute einmal die Bespitzelung durch den Staat und die Netzwerke anschaut, erscheint einem die Stasi rückwirkend wie ein biederer Hausfrauenverein. Aber es ist auch die Schuld des Einzelnen. Da regt sich in der Rückschau jeder über die Stasi auf, und dann rennen alle auf Facebook hintereinander her und offenbaren sich bis auf die Knochen.

Schlimm ist nur, dass in Politik oder Religion in der Regel nicht mangels besseren Wissens, sondern wider besseres Wissen gehandelt wird – oft zum Schaden großer Bevölkerungsteile.

Du spielst in Sachen Religion auf Mißstände an, bei denen du schon vor Jahren, als aktives kritisches Kirchenmitglied, den Finger in die Wunde gelegt hast; als Mitglied einer Initiative vom Zölibat betroffener Frauen und in diversen Medien und Veröffentlichungen.

Darüber habe ich an verschiedenen Stellen gesprochen und geschrieben. Da bewegt sich ja jetzt teilweise auch etwas – hoffentlich. Zu den Vorgängen, die in vergangenen Jahren aus der katholischen Kirche und diversen Eliteschulen und in jüngster Zeit auch aus Hollywood bekannt wurden, aber sicher nicht nur auf dort beschränkt sind: Man könnte schon das Gefühl bekommen, dass sich heute die Vorkommnisse häufen. Aber es hat zu jeder Zeit stattgefunden, dass Herren – und nicht selten auch Herrinnen, interessantes Wort! – ihre Machtpositionen dazu ausgenutzt haben, Menschen zu unterdrücken und auch sexuell zu dominieren. Auch die Pädophilie ist nichts Neues. Man schaue sich an, was im alten Rom unter den Tiberbrücken los war. In der Politik haben wir Frauen vor zwanzig Jahren genauso abschätzige und zum Teil sexuell diskriminierende Bemerkungen hören müssen wie heute. Ich habe das in meinem ersten Buch „Zwischen den Welten" geschildert. Das ist ein weiteres Beispiel für immer wiederkehrende Macht- und Handlungsstrukturen.

Du hast darin auch durchblicken lassen, dass du eine kritische Haltung gegenüber der Religion an sich einnimmst.

44

Ich unterscheide sehr streng zwischen Glauben, Religion und Spiritualität. Religionsdogmen zeugen nicht von der Weisheit Gottes, sondern bestenfalls von der Beschränktheit und Hilflosigkeit des Menschen gegenüber einem Gottesbild. Ich meine, wenn man es einmal ganz logisch und mit ein wenig gesundem Menschenverstand betrachtet: Jede Religion hat ihre eigenen Gott und glaubt, es sei der einzig Wahre. Der eine Gott fordert regelmäßige Buße; der andere Gott erlaubt während einer bestimmten Zeitspanne kein Essen und Trinken, sogar das Herunterschlucken des eigenen Speichels ist nicht erlaubt. Der nächste Gott erlaubt bestimmte Speisen nicht. Wenn es wirklich ein wahrer, allmächtiger Gott wäre, bräuchte er oder sie solche Dinge nicht.

ER oder SIE. Ein oft gebrauchtes Wortspiel. Glaubst du, wenn Gott weiblich wäre, oder wenn zum Beispiel Politiker oder Manager überwiegend weiblich wären, dann wäre die Welt besser?

Sie wäre vielleicht sicherer. Ob sie besser wäre, kann ich nicht sagen. In Nummer 11 des Jahres 2017 schrieb die Wochenzeitung DIE ZEIT über Streit und Versöhnung – und umrahmte den Artikel mit grafischen Darstellungen ehemaliger Streithähne, denen Versöhnung wohl gut anstände: Neben orthodoxen Juden & Palästinensern sowie radikalen Schiiten & radikalen Sunniten entdeckte man dort das Ur-Pärchen in Sachen Meinungsverschiedenheit, Kain & Abel. Weiter ging's mit Jesus & Pilatus (denn mit Judas hatte er sich ja bereits versöhnt), Nietzsche & Gott, Bismarck & Bebel, Heidegger & Adorno, den Papst & Luther, Zeus & Hera, Zar Alexander I. & Napoleon, Merkel & Seehofer, Trump & die Presse, Hitler & Stalin, Böhmermann & Erdogan und Ronaldo & Messi. Schließlich sollten sich in dieser wilden Aufzählung auch noch Wolf &

Rotkäppchen sowie Hund & Katze friedlich verzeihend in die Arme beziehungsweise Pfoten fallen. Lediglich für den armen Nordkoreaner Kim wollte sich damals noch kein Partner zum Versöhnen finden. Diese Darstellung hat mich nachdenklich gemacht. Neben der Katze, die ja auch ein Kater sein kann, und dem noch als Kind einzustufendem Rotkäppchen wurde das weibliche Geschlecht lediglich durch die Hosenträgerin Angela Merkel sowie die sehr männlich agierende Göttergattin Hera vertreten.

Das sollte sicher nicht suggerieren, dass Frauen nicht trefflich streiten können. Man erinnere sich an die legendäre Fernsehdebatte zwischen Alice Schwarzer und Esther Vilar. Und auch nicht, dass Frauen nicht auch herzliche Feindschaften gepflegt hätten, wie einstmals die Königinnen Elisabeth I. und Maria Stuart. Jetzt ist die Frage: Traut man Frauen im Allgemeinen keine Versöhnungsbereitschaft zu, oder setzt man sie auf lange Zeit gesehen einfach voraus? Oder wird generell weiblicher Unversöhnlichkeit kein so hohes Gefahrenpotential zugetraut wie dem Streit zwischen Männern? Auch mir fiele es schwer, eine größere Liste historisch notorisch gewordener weiblicher Streithennen zusammenzubekommen.

Auch wenn man vermuten darf, dass das aus vielen Jahrhunderten Unterdrückung von Frauenrechten herrührt: Wünschen würde ich mir, es hätte auch damit zu tun, dass dem weiblichen Geschlecht eine gewisse Vernunftsneigung eigen wäre. Im Moment scheint es unvorstellbar, dass eine weibliche Hand je einmal den berühmten roten Knopf betätigen wird. Wünschenswert wäre, dass uns die Geschichte jeden Beweis beziehungsweise Gegenbeweis meiner These erspart.

Ich habe ja in meinen ersten dreißig Jahren in der DDR hinsichtlich des Selbstverständnisses von Frauen in einer Blase gelebt. Wir hatten in der DDR schon Frauenbewegung, da war in der BRD die Zeitschrift „Emma" noch nicht aus der Taufe gehoben. Es ist für mich unfassbar, worüber wir uns heute unterhalten: nicht vorhandene Gleichberechtigung, Gewalt gegen Frauen, nicht praktizierte Gleichbezahlung, Unterrepräsentation von Frauen in Unternehmensführungen und politischen Funktionen, sexuelle Gewalt, Vergewaltigung als Machtdemonstration, Sklaverei ... und, und, und.

Also wäre da aus deiner Warte keine Hoffnung für die Welt?

Ich bin da sehr skeptisch. Momentan beobachte ich eine hoch dysfunktionale Welt, bezogen auf menschliche Aktion. In der Politik, unabhängig von der vertretenen politischen Meinung, sieht man derzeit Menschen, die als „mächtig" bezeichnet werden, denen aber jegliche Weisheit und Charisma fehlen. Despoten, die in High-Noon-Manier durch die Weltpolitik stapfen, als handele es sich um Dodge City im 19. Jahrhundert. Da sind Präsidenten, die ihre Defizite, für jeden gebildeten Menschen offen sichtbar, zur Schau tragen. Da sind aber auch Staatsführerinnen, die sich hinter stereotyp wiederholten Unsicherheitsgesten verstecken, sich bei Reden regelmäßig verbal vergaloppieren und ihrem Publikum nicht direkt in die Augen schauen können. Und – es tut mir leid, wenn das alles sehr pessimistisch klingt – im täglichen Leben begegnen mir überwiegend Leute, die äußerst unreflektiert handeln, planlos und unempathisch. Im Moment fehlt mir der Quell, aus dem ich echten Optimismus schöpfen könnte.

Das alte Thema „Gestern – Heute" ...

Ja, ich höre immer meine Oma im Geiste: Früher war das anders. Jetzt sage ich das Selbe. Manchmal, wenn ich nach Deutschland schaue, habe ich das Gefühl: Das ist nicht mehr mein Land, meine Welt, meine Zeit. Besonders im Alltag. Ich hatte zum Beispiel große Probleme, mich an die neuen Begrüßungsrituale zu gewöhnen. Plötzlich wird nur noch geküsst, und man muss immer schauen, küsst man jetzt ein-, zwei- oder dreimal (auf oder neben die Wange, in die Luft)? Handschlag ist beinahe ganz aus der Mode. Gute Manieren im Alltag sind sowieso beinahe verschwunden. Man ist nur noch mit sich selber beschäftigt, was durch das Mobiltelefon reichlich befördert wird. Vom Telefonieren beim Autofahren wollen wir ganz schweigen.

Konsumtempel und riesige Supermärkte in Deutschland machen mich regelmäßig physisch krank. Wozu solch eine Auswahl in meterlangen, mit demselben Produkt bestückten Regalen? Als ob es nie genug geben könnte. Um uns fett und krank zu machen, wird ständig neuer Sch..ß erfunden. Besonders für Kinder. Es reicht nicht mehr, simple Eiskrem zu haben. Jetzt müssen da eben auch noch bunte Schokolinsen drin sein. Schöne neue Welt! Unsere Sorgen möchte mancher haben!

Neulich stand ich in einem griechischen Schreibwarenladen. Gar nichts Ungewöhnliches, ein eher kleiner Laden, aber extrem gut sortiert und mit einer breiten Angebotspalette. Alleine die Anspitzer und Radiergummis nahmen zwei Regale ein. So viele Farben, so unterschiedliche Formen ... Einige davon sahen so aus, dass man nicht mehr wusste, war es wirklich ein Schreibwarenladen, oder war man schon im Sex-Shop.

Aber bald gehen wir ja in eine neue Runde. Da kann man sich dann alles, alles ausdrucken. Alltagsgegenstände, Essensgerichte, wahrscheinlich schon bald auch Organe zum Verpflanzen. Auch Brücken kann man teilweise schon 3-D-Drucken. Demnächst auch Männer? Oder Politiker? Vielleicht Roboter!

Wirklich, manchmal sehne ich mich nach Früher.

Liegt es nur an den „Großen"?

Nein, es ist ein Problem der gesamten Gesellschaft. Wir alle verhalten uns idiotisch – das heißt, auf uns bezogen. Im Griechischen ist „idiotikós" das auf sich bezogene, das Private. Es gibt so eine Kultur des Habens-Müssens und des Sein-Müssens. Wenn die Mehrheit der Zeitgenossen in unseren Überflussgesellschaften nicht bekommen, was sie meinen besitzen zu müssen, stellt sich eine große Unzufriedenheit ein. Im Extremfall, im Großen, führen solche Dinge zu Kriegen. Ich glaube, eines der größten Probleme in der Welt ist die Anspruchshaltung und ein vermeintliches Bedürfnis nach Exklusivität. Dabei wäre es für unsere eigene Zufriedenheit viel besser zu lernen, inklusiv zu denken und wahrzunehmen, was wirklich wichtig ist. Dann würden wir alles, was wir darüber hinaus haben oder sein dürfen, als Geschenk empfinden, als eine Zugabe des Lebens – als Glück eben.

Die wunderbare Lotte Ingrisch schrieb einmal sinngemäß, dass unsere gesamte Konsumgesellschaft nicht auf der Freude am Leben basiere, sondern auf der Angst vor dem Tod. Das ist zumindest sehr nachdenkenswert.

Oft beobachte ich, dass das Handeln vieler Menschen sich nicht mehr daran orientiert, was sinnvoll oder gut ist. Vieles wird gedankenlos getan, einfach, weil „*ich es kann*". Dabei wird das Ich, das Ego, groß geschrieben. Der Gedanke, wie sich das eigene Handeln auf Andere auswirkt, kommt oft gar nicht mehr auf. Ein Mensch kann grundsätzlich nur geben, was er auch besitzt. Daran lässt sich ganz einfach ermessen, ob jemand aus der Fülle handelt oder aus dem Gefühl heraus, nicht genug zu bekommen.

Es wird höchste Zeit, dass der Mensch sich als das sieht, was er ist: ein Gast auf diesem Planeten. Als solcher ist er Nutznießer, nicht Besitzer. Das ist es, was die Ökologie uns nahe bringen will. Noch einmal Griechisch: Oikos ist das Haus, Logos die Lehre – Ökologie die Lehre von der Funktion des Hauses. Nomos ist die Ordnung, Ökonomie ist daher die Hausordnung. Die alten

Griechen haben es vor Tausenden Jahren schon gewusst, wie man klug sein Haus verwaltet, in dem man eine Weile lang als Gast wohnt.

Du sagst, eigentlich müsste man nur noch kopfschüttelnd durch die Welt laufen. Wie meinst du das?

Naja, es geht ja schon damit los, wie Menschen im Alltag sich geben, wie sie glauben sein oder aussehen zu müssen. Aber das ist ja nichts Neues. Schon Erich Kästner schrieb darüber in seinem Gedicht über die *so genannten Klassefrauen* ... Eine Zeiterscheinung allerdings verleitet mich zu besonders bissigen Bemerkungen: Die Zähne. Hat eigentlich noch niemand bemerkt, dass die Zähne – sofern sie einigermaßen vorzeigbar sind – zur Visitenkarte unseres Gesichtes gehören? Wer hat eigentlich die Order ausgegeben, dass sich jeder, der es sich leisten kann, einen Satz neue Kauwerkzeuge für den Mund anschaffen muss, einfach um „up-to-date" zu sein? Das führt dann zu solch kuriosen Erscheinungen, dass man regelmäßig Schauspieler sieht, die vorchristliche Sklaven, skorbütige Seefahrer oder schwer schuftende Arbeiter darstellen, in deren Mündern jedoch ein höchst geordneter Satz ebenmäßigen Porzellans zu besichtigen ist. Ein Bekannter aus Irland, der sein gutes Geld auf einer Ölplattform im Golf von Mexiko verdiente, trat auf Urlaub in der Heimat in einem Pub vor mich hin, lächelte mich breit an und begrüßte mich herzlich. Vom durchaus beabsichtigten Herzeigen seines neuen Gebisses war ich beinahe geblendet. Irgendwie hatte ich sogar den Eindruck, der Zahnarzt hatte ihm zusätzlich noch ein paar Extrazähne installiert, denn es sah irgendwie sehr viel und sehr voll aus in seinem Mund. Seitdem mochte ich nicht mehr, wenn der Mann mich anlächelte. Es hatte, wenn man so will, den Loriot-Nudel-Effekt: Es machte mir ein peinliches Gefühl, ihn beim Gespräch anschauen zu müssen.

Lass uns auch lieber nicht über gentechnische Veränderung bei Pflanzen, Tieren und Menschen reden. Diese Büchse der Pandora kriegen wir eh nicht mehr zu.

Aber wie auch immer: Mit meinem Lamento ändere ich ja doch nichts an der Welt und ihren bizarren Erscheinungen. Es ist wohl so: Manches versteht sich von selber, anderes versteht man nie!

Welchen gesellschaftlichen Einfluss schreibst du den Medien zu?

Nun, noch immer habe ich nur mit den „herkömmlichen" Medien zu tun; das heißt, Zeitung und Fernsehen. Soziale Netzwerke interessieren mich nicht; mein soziales Netzwerk ist mein Freundes- und Bekanntenkreis. Mir ist schon klar, dass die Medien heute schwer zu beurteilen sind, ihr Wahrheitsgehalt hinterfragt werden muss, und dass es viel freiwilligen oder auch unfreiwilligen „Fake" gibt.

Ich möchte hier mal etwas über Werbung sagen. Die hat mich schon immer genervt. Nachdem ich mal für eine kurze Zeit beschlossen hatte, dass ich all jene Produkte nicht mehr kaufen würde, deren Werbung meinen Lese- oder Fernsehgenuss einschränkte beziehungsweise inhaltlich meinen Intellekt beleidigte, ließ ich dieses Vorhaben dann doch recht schnell wieder fallen. Schließlich wollte ich mit meinem Lebensstil nicht gänzlich zurück in die Steinzeit. Allerdings schützt das alles mich nicht davor, immer wieder an Zeitungs- und – vor allem als Ehefrau eines „TV-süchtigen" Mannes – an Fernsehwerbung zu geraten und mich mittlerweile doch wieder stark zu wundern beziehungsweise richtig zu ärgern. Denn mir fällt zunehmend eine Infantilisierung der Werbebotschaften auf. Werbung greift ja auch irgendwie bei mir, aber wenn ich mich vergackeiert fühle, dann werde ich wütend. So zum Beispiel bei der Darstellung des Frauenbildes. Dabei sehe ich schon mal ab von den immer noch vorherrschenden Mustern á la „Mann kommt von der Arbeit nach Hause, Kinder lümmeln auf Sofas herum und Frauchen hat schon den Kartoffelgratin im Ofen, der dann die gesamte Familie glücklich am Küchentisch vereint. Und die Hausfrau lächelt selig". Wer glaubt, das sei ein Ding aus den 50ern und 60ern des vergangenen Jahrhunderts, irrt gewaltig! Wenn aber erwachsene Frauen wie Pinguine durch den Garten watscheln, um ihre Kinder zum Konsum von völlig unnötigen hochkalorischen und hochpreisigen Pausensnacks zu animieren, dann macht mich das wütend. Oder wenn eine Mutter ein Schoko-Ei anruft, um zu erfahren, welcher Plastikmüll in den neuesten Süßigkeiten der Schokoladenhohlfiguren versteckt ist, der sich dann langfristig über Müll und Meer via Nahrungsaufnahme (Fisch! – wenn sie so etwas Gesundes überhaupt noch essen) wieder in den Körpern ihrer Kinder anlagern wird. Dann frage ich mich, wo da der Gesetzgeber eigentlich ist, der die Herstellung und Vermarktung solcher unnützer, schädlicher Dinge grundsätzlich verbietet. Geradezu harmlos hingegen ist ja im Gegensatz dazu noch jener Spot, der sich nicht an Kinder richtet, aber ernsthaft behauptet: „Husten? Schuld sind Schleimmonster!" Ist wirklich zu erwarten, dass irgendein Erwachsener diese Aussage glaubt? Da tut das naseweis fragende Kind beinahe gut: „Mama, warum nimmst du eigentlich bei Husten *Neo-Hustenin forte?*" Nie gab es einen realistischeren Dialog zwischen einer Mutter und ihrer etwa achtjährigen Tochter! All diese an keine Realität angelehnte Werbesprache scheint mir aus derselben Ecke zu kommen, in der alles immer als „lecker" bezeichnet wird und wo man zum Flugzeug ohne Not „Flieger" sagt.

Grundsätzlich glaube ich, dass Kinder beziehungsweise Minderjährige nicht in der Werbung arbeiten sollten. – Und wer hat eigentlich allen diesen Werbefuzzis erlaubt, mich plötzlich durch die Bank zu duzen? Es gab mal eine Zeit, da war das „Sie" höflich, und das „Du" wurde einem angeboten. Man sieht, ich komme bei dem Thema richtig in Fahrt …

Dann muss ich doch noch einmal dem Fernsehen an sich nachfragen. Da hast du wohl durchgehend eine kritische Haltung.

Fernsehen ist ein gutes Medium, wenn man es klug und in kleinen Dosen zu sich nimmt. Leider hat dieses Medium sich aufgebläht, bei sinkender Qualität der Programme: Bestimmte Sender ärgern mich, weil sie dumme Programme produzieren. Ich mag mir einfach nicht vorstellen, dass es dafür auch ein Publikum geben muss, denn ohne das würde dieser Schrott ja nicht produziert werden. Im Prinzip ist es ein großer Circus maximus, in dem den Leuten alles Mögliche zum Fraß vorgeworfen wird; egal, wie unrealistisch, ekelerregend oder zynisch es ist. Das Schlimme ist: Das Publikum johlt! Im alten Rom ging man zu „Brot und Spielen" ins Kolosseum, in Paris als Zuschauer zu Guillotinierungen oder anderenorts zu Hexenverbrennungen. Solche Dinge übernimmt heute das Privatfernsehen.

Aber auch im öffentlich-rechtlichen ist man vor diversen albernen Modeerscheinungen nicht gefeit. Nehmen wir mal Kochshows. Wann hat das angefangen und warum? Leute kochen, und andere schauen ihnen live dabei zu. Was mich aufregt: Ein Koch zeigt, wie man Kartoffeln zubereitet. Dabei beobachtet ihn ein Studiopublikum. Und wenn das Wasser dann kocht, wird frenetisch applaudiert. Da frage ich mich doch: Geht's noch? Dann die unvermeidlichen TV-Personen, die wir alle kennen. Zum Beispiel die von mir so genannten *Vielosophen*. Das sind jene, die mit ihren abgehoben verkomplizierenden Welterklärungen den durchaus nicht ungebildeten Zuschauer staunen lassen, dass solch ehemals brotloses Gewerbe heutigentags doch genug abwirft, damit diese Herren nicht gänzlich vom Fleische fallen. Und wirklich: Es sind überwiegend

– wenn nicht ausschließlich – Herren, was mich schon sehr nachdenklich macht.

In den allgegenwärtigen Talkshows begegnen wir dem Prototyp Herrn *Allwissend*, der zu jedem denkbaren Thema geladen wird und auch immer etwas dazu weiß, wobei er andere Argumente aber nicht gelten lässt. Oder in fast jeder Show und jedem Quiz die Frau *ImmerÜberall*, bei der man sich fragt, wie sie noch ein Privatleben haben kann.

Es gibt wenige Lichtblicke. Es gibt *eine* Kochsendung, die ohne Studiopublikum auskommt, bei der man eine Menge lernt und die ich mag; *ein* Quiz, das mir viel Information und einiges an Unterhaltung bietet; und wirklich gutes Kabarett mit vielen neuen Talenten. Aber ich verrate nicht, was und wer – will ja keine Werbung machen …

Liest du regelmäßig eine Zeitung oder Zeitschrift? Woher bekommst du deine Informationen über Tages- und Weltpolitik oder über Lokales?

Die Tagespolitik kommt schon aus dem Fernsehen. Ich lese eine deutsche Wochenzeitung und – sehr wichtig als Informationsquelle – die in Athen erscheinende deutschsprachige Griechenland-Zeitung. Außerdem halte ich als Leserin aus DDR-Zeiten dem Satiremagazin „Eulenspiegel" die Treue.

Welche Publikation würdest du nicht lesen, auch wenn sie die einzige auf dem Tisch des Ärztewartezimmers wäre?

Das ist eindeutig alles, was das Wort BILD im Titel hat. Ich habe mal jemanden sagen hören, wer diese Zeitung lese, um sich zu informieren, der trinke auch Schnaps, um den Durst zu löschen. Ich kann das nur unterschreiben und bin immer sehr überrascht, wer alles sich nicht zu schade ist, freiwillig in diesen Blättern zu erscheinen oder dafür zu werben.

Es ist wohl kein Geheimnis, dass du Handys kritisch siehst.

Für mich sind das Mobiltelefone. Die sind zum Telefonieren da. Für alles andere habe ich den Festanschluss und den Laptop. Wozu muss denn jeder Mensch zu jeder Sekunde und überall erreichbar sein? Natürlich ist es irgendwie praktisch, aber es beherrscht die Menschen auch. Leider kam mit dem Smartphone nicht die Warnung, dass langfristig der gesunde Menschenverstand dagegen eingetauscht werden muss ... Schon der Platz, den wir diesem Medium hier einräumen, ist mir zu viel. Mittlerweile nimmt dieser Apparat ja auch bei der (Ver-)Bildung der jungen Generation einen vorderen Platz ein.

Nochmal Stichwort Bildung: Was macht in deinen Augen eine gute Bildung aus?

Erst einmal sollte es eine Lebensbildung sein. Ich komme noch einmal darauf zurück: Abgesehen vom politischen Aspekt war die Schulbildung in der DDR – die so genannte polytechnische – recht gut und fundiert. Jeder hatte zu dieser Grundbildung Zugang. Man lernte eben auch, einen Hammer oder eine Drehbank zu bedienen. Leider ging es dann in Hinblick auf ein Studium mehr und mehr um Linientreue, das will ich gar nicht auslassen. Es hat mich ja selbst betroffen.
Die heutige Schulbildung kann ich nicht beurteilen. Ich denke aber, dass immer noch zu wenig Lebensbildung und zu viel Fachbildung stattfindet. Dinge, die einen Charakter formen, werden nicht genügend vermittelt. Stattdessen werden scheinbar feststehende Erkenntnisse weitergegeben, die sich aber alle naselang ändern. Das Einzige, was doch wirklich unverrückbar

feststeht, ist die Mathematik. Da kommen höchstens noch einige Entdeckungen hinzu, die jedoch am Basiswissen nichts ändern: Zwei plus zwei ist immer vier! Die nächste einigermaßen unverrückbare Wissenschaft ist die Chemie. Dann kommen wir schon in den Bereich des ständigen Erkenntniswandels: Die Physik hält sich auf einmal nicht mehr an das, was wir zu wissen glaubten; selbst Sprachen, die man natürlich gründlich lernen muss, verändern sich ständig ... Und von der Technik wollen wir mal ganz schweigen.

Was meinst du da konkret?

Nun, man hat ja herausgefunden, dass die Geschwindigkeit, mit der unsere Technologien sich entwickeln und überholen, exponentiell zunimmt. Wenn es früher zwei Jahre gedauert hat, bis sich eine Technologie selbst überholt hat, geht das mittlerweile innerhalb von Monaten. Es ist wie mit dem Reiskorn auf dem Schachbrett. Auf Spielfeld zwei verdoppelt sich die Zahl auf zwei, auf Spielfeld drei auf vier, auf Spielfeld vier auf acht, dann sechzehn und so fort. Am Ende des Schachbretts hat man eine ungeheuer große Zahl von Reiskörnern. Wenn man das in einem Diagramm mit einer Kurve darstellen will, dann geht diese sehr bald immer nur noch steil nach oben, egal wie sehr man die x-Achse „auseinanderzieht". Nun wissen wir aber, dass alles, was nach oben geht, irgendwann auch wieder herunterkommen muss. Also kann technologische Entwicklung logischerweise nicht immer so weitergehen. Ich bin keine Wissenschaftlerin und schon gar nicht Mathematikerin; für mich ist das nur ein logisches Ergebnis eines simplen Denkvorgangs. Daher bin ich der Ansicht, dass es eine ständige, unendliche Entwicklung gar nicht geben kann. Was danach kommt, kann ich mir allerdings bei aller Phantasie auch nicht vorstellen. Vielleicht implodiert einfach irgendwann alles ... Das einzig Gute ist: Wir werden ja sehen, was passieren wird. Lange kann es jedenfalls nicht mehr in dieser Art weitergehen.

Hast du noch einen abschließenden praktischen Gedanken zu diesem Thema?

Naja, mir kommt oft der Satz in den Sinn: „Unseren Kindern soll es mal besser gehen!" Wir kurz nach dem Krieg Geborenen, meine Generation, waren diese Kinder. Bezogen auf uns Mitteleuropäer hat sich dieser Wunsch sicher bewahrheitet. Noch meine Großeltern hatten gleich zwei Kriege erlebt. Wir hingegen erleben persönlich Frieden. Das täuscht aber nicht darüber hinweg, dass die Welt im Ganzen so nicht beschaffen ist. Ich wuchs auf mit täglichen Bildern vom Vietnamkrieg; mit Eindrücken von nackten, napalmverbrannten Kindern – meist zur Hauptsendezeit, zum Abendessen. Das hat mich geprägt. Seit ich denken kann, ist der Nahe Osten unbefriedet. Und nun Syrien, Afghanistan, Irak, Myanmar; lokale ethnische Konflikte, die Menschenströme von Kriegsflüchtigen … und, was die Meisten gar nicht wissen, hier am Rande von Europa schwelt schon lange ein Konflikt zwischen der Türkei und Griechenland, über Inseln, über Öl, mit ständigen Provokationen im See- und Luftraum. Dazu kommt das ganze Müllproblem, weltweit; in den Meeren und im unseren Planeten umgebenden Weltraum. Vielleicht geht es uns, unserer Generation besser. Der Welt, die wir geerbt haben und die wir an die uns nachfolgenden Generationen weitergeben, geht es zunehmend schlechter.

Ich höre das jetzt öfter von Anderen und habe es auch schon selber gedacht: Man hat das Gefühl, froh zu sein, jetzt nicht mehr jung sein zu müssen, um bestimmte Dinge nicht mehr mitzuerleben. Das ist kein gutes Zeichen.

Politik

Richtig in Fahrt kommst du, wenn es um Politik geht.
Immerhin hast du da auch praktische Erfahrung, wenn auch nur
im „Kleinen", in der Kommunalpolitik.

Das schon, aber eigentlich ist es gleich, wie hoch in der
Hierarchie die politische Arbeit angesiedelt ist. Wie ich selber
erlebte, kann man auch als „kleiner" Lokalpolitiker durchaus
einem Anschlag auf das eigene Leben ausgesetzt sein
beziehungsweise ihm knapp entgehen. Insofern sehe ich die
Mechanismen im Kleinen wie im Großen gleichermaßen wirken.

Als jemand, die in der Nachkriegszeit in Deutschland
aufwuchs, schien es undenkbar, dass die so genannte
demokratische Welt noch einmal einen solchen Vorgang zulassen
könnte, der zur Wahl von US-Präsident Trump geführt hat. In
Zeiten der allgemeinen, sekundenschnell sich verbreitenden,
weltweiten Information hielt ich es für ausgeschlossen. Gerade
hatte ich ein Interview mit dem deutschen Hollywood-
Schauspieler Hardy Krüger gesehen, das mich sehr beeindruckt
hatte. Er erzählte, wie er sich nach dem Krieg gemeinsam mit
einem amerikanischen Kollegen Aufnahmen von Hitlers Reden
anschaute, und wie sie beide plötzlich laut lachen mussten. Wie
ein Erstaunen einsetzte, dass irgendjemand jemals diesem Mann
und seinen albernen Reden und Gesten auf den Leim gegangen
war – geschweige denn, ein ganzes Volk. Es war, angesichts
dessen was geschehen war, ein bitteres, ein trauriges Lachen.
Dieses Lachen hinterfragte auch die eigene Blindheit.

Ich kannte jemanden, der seine Jugend im Berliner Bombenhagel der Kriegsjahre verbracht hatte. Er konnte sich noch sehr gut erinnern, wie in den ersten Jahren des Krieges die Massen Hitler zujubelten, wenn er in seiner Luxuskarosse die Straße Unter den Linden entlanggefahren wurde, und wie die Frauen – auch seine eigene Mutter – beinahe orgastische Schreie ausstießen beim Anblick dieses Mannes. Ich will Donald Trump nicht mit Hitler vergleichen. Aber die blinde Begeisterung der ihm zujubelnden Anhänger wird man schon mit denen der 30er Jahre in Deutschland vergleichen dürfen. Werden die Trump-Wähler sich eines Tages, so sie noch können, beim Anblick der Hass-Tiraden gegen Ausländer, Zuwanderer, Frauen und Behinderte auch fragen, wie sie dem allem auf den Leim gehen konnten? Und warum er nicht als allererster seine Koffer packen ging, nachdem er gefordert hatte, dass Zuwanderer dorthin zurückgehen sollten, wo sie herkamen?

Was jetzt wichtig scheint ist, nicht zu resignieren. Nur wer nicht resigniert, bleibt auch wachsam. Und wachsam sein müssen wir, wenn die Vernunft nicht untergehen soll. Denn wie sagte Bertolt Brecht im Epilog von „*Der aufhaltsame Aufstieg des Arturo Ui*"?

"So was hätt' einmal fast die Welt regiert!
Die Völker wurden seiner Herr, jedoch
Dass keiner uns zu früh da triumphiert –
Der Schoß ist fruchtbar noch, aus dem das kroch."

So siehst du also die Zukunft dieser Welt immer noch mit einem pessimistischen Auge?

Na, man schaue sich doch nur mal die AfD und den generellen europäischen und weltweiten Rechtsruck an. Aber schon lange vor diesen Entwicklungen habe ich gesagt: Was sollte uns veranlassen zu denken, dass wir aus dem letzten Weltkrieg – oder aus irgendeinem anderen Krieg – gelernt hätten? Das war eine sehr irrige Annahme der Nachkriegsgeneration beziehungsweise von Teilen dieser Generation. Im Grunde kehrt alles immer wieder, nicht nur in der Mode. Alles ist zyklisch; allerdings sage ich immer, dass es nicht wie in einem Karussell rundherum geht, und man käme immer an den gleichen Stellen wieder vorbei. Die Entwicklung ist sozusagen spiralförmig: Es dreht sich immer um das eine, aber in immer gesteigerten „Qualitäten".

Wie kommen dir solche Gedankenmodelle? Denn du bist ja nicht von Hause aus eine Philosophin ...

Das hindert mich ja nicht am Denken und Analysieren. Dazu muss man nicht studiert haben. Nehmen wir mal bestimmte Daten: Oft kommen mir bei denen bestimmte Assoziationen und Gleichnisse in den Sinn, zum Beispiel war das so am 14. Juli 2016. Das ist der Geburtstag meines Großvaters, der 110 Jahre früher das Licht der Welt erblickt hatte, also am 14. Juli 1906. Damals hatten bestimmte Worte noch nicht die Bedeutung; die wir ihnen heute zumessen. Keine Bilder im Kopf wurden erzeugt, erwähnte man damals vielleicht das in der Zukunft liegende Jahr 1914. Opa dachte vielleicht: *Dann werde ich acht Jahre alt sein.* Vielleicht. Die schrecklichsten Bilder in den Köpfen standen der Menschheit noch bevor (so wie viele von uns vor der Katastrophe im Indischen Ozean 2004 das Wort „Tsunami" sicher noch nie gehört hatten). Am 14. Juli 1906 hätte die Zahlenkonstruktion 1914-1918 den Menschen genauso wenig gesagt wie der Name „Titanic", und bei Begriffen wie Buchenwald, Birkenau und Plötzensee hätte man bestenfalls angenehme Vorstellungen gehabt von unbeschwerten Sommertagen in freier Natur. Heute, in den Jahren nach der Jahrtausendwende und in der überflutenden Welt der Information und der auf den Punkt bringenden Kurzworte, reichen „nine-eleven", „seven-seven", „Bataclan" oder „IS", um einem eine Gänsehaut über den Rücken laufen zu lassen. Könnte man behaupten, dass diese Welt, wie wir sie heute erleben, keine mehr wäre, in die mein Großvater hineingeboren werden wollte? Wenn man, wie 2016 und dann auch 2018, der Grausamkeit und der vielen unnötigen Opfer des Ersten Weltkrieges gedenkt, dann sind die vielen Enthauptungen und Terroranschläge des beginnenden 21. Jahrhunderts nicht mehr oder weniger grausam. Es ist immer das gleiche in Variationen. Sicher hat von 2016 an auch der Tag der Bastille, der 14. Juli, eine neue Bedeutung, denn bei Nizza werden wir nicht mehr nur an Strandpromenaden mit teuren Läden und Restaurants denken. Wir werden erinnert werden, dass es in unserer Welt leider immer noch tiefunglückliche Menschen mit einem unersättlichen Hass – am meisten gegen sich selber – gibt, die keinen anderen Weg sehen, diesen zu stillen, als andere Menschen in den Tod zu reißen.

Aber diese Ereignisse erwecken in denen, die fühlen können, das Beste: Mitgefühl, Hilfsbereitschaft, Solidarität und ein Gefühl von Einssein. Das waren meine Gedanken, die mich am Geburtstag meines Opas begleiteten. Dazu muss man nicht Philosoph oder studiert sein. Ein bisschen Gehirnschmalz und gesunder Menschenverstand reichen da schon.

Was würdest du den Politikern nach all deiner Erfahrung gerne ins Stammbuch schreiben?

Erst einmal würde ich den Politikern empfehlen, authentischer und ehrlicher zu sein. Das heißt nicht, Staatsgeheimnisse auszuplaudern. Aber Politiker sind ja wohl nicht in der Lage, auf eine direkte Frage auch gezielt zu antworten, schon gar nicht mit einem klaren *Ja* oder *Nein*. Ein Mindestmaß an Erfahrung und

Charisma wäre wünschenswert, ein bisschen Lebensweisheit (die man auch schon als junger Mensch haben kann). Es gibt nichts, was eigene Erfahrung ersetzen kann. Selbst wenn jemand sagt: *Ich kann es mir vorstellen, wie es ist, am Existenzminimum zu leben ...* Wenn er oder sie es nicht getan hat, dann wird es immer eine Art gefühltes Wissen, ein „blindes" Verstehen sein, keine Erfahrung. Nichts kann das Erlebniswissen, das empathische Verstehen, ersetzen. Dies zu unterscheiden, würde manchem Politiker – wie auch so manchem anderen Zeitgenossen – gut zu Gesicht stehen.

Aber, um auf die Frage zurückzukommen, da gibt es eine einfache Antwort, die mir neulich in Form eines Gedichts eingefallen ist. Hier ist es:

An die (allermeisten) Politiker

Ihr habt die Größe nicht, das Ego zu besiegen;
Ihr habt die Weite nicht und nicht das Firmament.
Ihr würdet lieber quer in fremden Betten liegen,
als das zu tun, was auf den Nägeln brennt.
Aber: Was wisst ihr wirklich, habt ihr Klarheit?
Was ist nur vorgetragen – was ist falscher Schein?
Was trennt uns wirklich, zwingend, von der Wahrheit;
was hört im Ungenauen auf zu sein?
Wo ist Vertrauen nach so vielen falschen Wegen,
die Ihr auch wider bess'ren Wissens gingt?
Warum macht Ihr Euch oft zu Lobby-Hehlern?
Geht's Euch so schlecht, dass eine Not Euch zwingt?
Was ich vermisse, das ist inn're Größe,
gesundes Menschenwissen und ein weises Seh'n.
Wer ehrlich handelt, gibt sich keine Blöße
Und wird am Ende vor sich selbst besteh'n.

Was hältst du von Parteien?

Eine meiner schlimmsten Erfahrungen war meine einzige und sehr kurze nachwendische Mitgliedschaft in einer Partei, der SPD. Gemeinsam mit einem anderen Sozialdemokraten wurde ich Sprecher für das Ressort Umwelt- und Naturschutz. Wie sich schnell herausstellte, war das eine Feigenblatt-Funktion. Jedes Engagement für die Umwelt wurde immer mit Arbeitsplätzen relativiert. Die Partei meinte, dass Arbeitsplätze immer und zu jeder Zeit ein Totschlagsargument gegen Umwelt- und Naturschutz sein müssten. Und wer da nicht mitmachte oder etwas dagegenhielt – zum Beispiel, dass es nichts nütze, einen Arbeitsplatz als Holzfäller zu haben, wenn es keine Bäume mehr gebe – der wurde bedrängt und im schlimmsten Falle kaltgestellt. Das ging soweit, dass ich bei bestimmten Abstimmungen im Parlament dazu angehalten wurde, zu diesem Zeitpunkt auf die Toilette zu gehen, damit ich nicht gegen die Fraktion stimmen konnte.

Besonders ungern hörte man von mir das folgende Argument: In einer Demokratie sind Politiker nicht gewählt, um zu herrschen, sondern um dem Souverän, dem Wähler, zu dienen. Das haben viele Spitzenpolitiker, die sich zunehmend als Diener bestimmter Lobbies gerieren, und auch diverse Parteien und Fraktionen mit ihrem erzwungenen Abstimmverhalten, total vergessen.

Als meine Renitenz nicht nachließ, gab es Aussprachen im kleinen Kreis, die an Stasi-Verhöre erinnerten. Diese Methoden waren perfide. Die SPD versuchte, mich auf Kante zu bügeln. Sie wollten mich auf Linie bringen, wie ich es aus der DDR kannte und wie es mir ebenfalls in der Kirche passiert ist. Das habe ich dann zum Anlass genommen, aus der Partei auszutreten.

Mein Mandat behielt ich, und das sorgte für noch mehr Wutschnauben in den Reihen der SPD. Das Argument war, dass ich mein Mandat auf der Liste der Partei erhalten habe und es damit auch an jene zurückgeben musste. Mein Argument es zu behalten war, dass die Partei möglicherweise ja nur wegen meiner Person auf ihrer Liste überhaupt so ein gutes Wahlergebnis eingefahren habe. Denn ich war bei den Bürgern als eine aktive und kompetente Politikerin bekannt.

Das waren harte Zeiten! Als ich dann noch, als parteilose Abgeordnete, von den Grünen als Vorsitzende des Umwelt- und Naturschutzausschusses vorgeschlagen wurde, war der Skandal perfekt. Da den Grünen aber dieses Amt zustand, konnte man nichts machen und musste es hinnehmen.

Ich habe auch erlebt, dass ein Pflasterstein durch mein Schlafzimmerfenster im Hochparterre geworfen wurde, und dass man mich noch Jahre nach meiner Auswanderung, bei einem Besuch in Berlin-Köpenick, verbal angriff, weil ich nach der Wende an der Durchsetzung geltender Naturschutzgesetze beteiligt war. Aber das waren Einzelfälle.

Am Ende habe ich über die Jahre in diesem Amt eine recht gute Arbeit geleistet, wie mir beim Ausscheiden aus der Politik einhellig von allen Seiten bestätigt wurde – nicht zuletzt von meinen ehemaligen Genossen und auch den anderen politischen Gegenspielern. Das hat mich dann am Ende doch noch ganz stolz gemacht.

Ist das politische Streben also abgeschlossen?

Aktiv ja, aber mich macht immer noch vieles wütend. Dass die Politik immer noch nicht verstanden hat, dass es schon lange weit nach zwölf ist. Dass erst heute auf Argumente eingegangen wird, die wir, seinerzeit als „kleine grüne Spinner" verschrien, schon vor dreißig Jahren aufs Tapet brachten. Dass wir immer noch Studien brauchen, die uns sagen, dass bei einer Hitzewelle in Frankreich weniger Menschen dort starben, wo es Bäume gab.

Dass seit 1992, als in Rio de Janeiro die Agenda 21 zum Umwelt- und Naturschutz aus der Taufe gehoben wurde, alle nachfolgenden Klimakonferenzen zu keinem greifbaren Ergebnis geführt haben außer weiterhin heißer Luft und Lippenbekenntnissen. Dass ein amerikanischer Präsident aus Klimaschutzvereinbarungen aussteigen und bewiesene Fakten einfach leugnen kann. Von Rechtsruck und Xenophobia ganz zu schweigen. Egal ob im Gesellschaft, Politik oder in jedem anderen Aspekt des Lebens: Vernunft und gesunder Menscherverstand werden immer dann preisgegeben, wenn man die Bühne den Clowns, den Scharlatanen und den Egomanen überlässt. Ich glaube, der Donaldisierung dieser Welt kann man schon lange nichts mehr entgegensetzen. Und dabei meine ich sowohl die McDonald-isierung als auch den anderen Clown gleichen Namens …

Menschen die sagen „Ich zuerst!" oder „Land XY zuerst!" können niemals glücklich sein, egal wie viele Milliarden sie auf dem Konto haben. Die Wahrheit ist: Entgegen landläufiger Meinung kann auch ein Milliardär ein armer Tropf, eine tragische Figur, sein. Trump führt es ja gerade – stellvertretend für seinesgleichen – vor. Eines ist sicher, solche Menschen haben wichtige Dinge im Leben niemals empfunden und werden sie auch nicht bekommen: Empathie, bedingungslose Liebe, Zufriedenheit und wirkliches Glück. Aber ein Trost ist das nicht.

Eigentlich kann man nur noch resignieren. Wenn der Mensch die Erde so weit heruntergewirtschaftet hat, dass er sich selber ausgerottet hat, wird es wohl 500000 Jahre brauchen, bis der Planet sich langsam erholt. Kommt dann jemand auf diese Erde und unternimmt Ausgrabungen, wird er eine ganze Schicht aus Plastik, PCs und Mobiltelefonen im Boden vorfinden.

Bevor wir allerdings gehen, bekommen wir noch mal ordentlich nasse Füße und kriegen mächtig was auf die Rübe. Dann – und damit meine ich: Jetzt! – ist es aber bereits zu spät.

Wegbegleiter

Was kannst du zu diesem Thema sagen?

Es steht mir nicht an, mich hier über Familie, Partner, Freunde und sonstige Wegbegleiter auszulassen.

Was ich sagen kann ist, dass ich mein ganzes Leben lang tolle Menschen an meiner Seite hatte. Es waren immer die Richtigen da, die ich brauchte. Das konnte man in den Situationen nicht immer gleich erkennen, aber es war so. Dabei meine ich auch Menschen, die ich als negativ empfunden habe, denn auch – oder gerade – diese haben bei mir wichtige Lernprozesse in Gang gesetzt. Es stimmt schon: Wenn der Schüler bereit ist, wird der Lehrer erscheinen.

Darüber hinaus habe ich einen sehr großen Kreis von wirklich phantastischen Freunden und Bekannten, auf die ich mich verlassen kann und die sich auch auf mich verlassen können. Das ist ein großer Schatz.

Wie lässt sich dein Verhältnis zu Tieren zusammenfassen?

Als ich vier oder fünf Jahre alt war und eine Frau mir zum ersten Mal „Bambi" vorlas, da wusste ich, dass ich an diesem Thema trotz vieler Freude auch sehr, sehr leiden werde.

Auf deiner Webseite hast du viele Tiere verewigt, die deinen Lebensweg gekreuzt haben; in Büchern begegnet einem öfter das eine oder andere Tier, das es in Wirklichkeit gibt oder gab.

Alleine im ersten Roman treten gleich zwei Katzen auf: Rosalie und Paul. Kannst du dazu etwas sagen?

Rosalie spielte wirklich während des Schreibens meines ersten Romans eine große Rolle. Sie kam vor Jahren zu uns, wie aus dem Nichts. Sie war hoch tragend, vermeintlich wenige Tage vom Geburtstermin entfernt, und sah aus wie ein Ballon. „Na danke", dachte ich, „wieder eine Katzenmutter, die ihre Kinder in unserem Garten aufzuziehen plant."

Sie war freundlich und anschmiegsam und offenbar schon etwas älter. Dann aber tat sich über Wochen gar nichts, außer dass Rosalie immer mehr in die Breite ging. Ein Besuch beim Veterinär ergab, dass ihre Trächtigkeit bei weitem nicht so fortgeschritten war, wie es schien, und eine Not-OP ergab, dass diese schon relativ alte Katze *sieben* Embryos in sich trug; manche lagen in ihrem Körper an Orten, wo sie eigentlich nicht hingehörten. Sie auszutragen wäre wohl niemals möglich gewesen. Zu dieser Zeit trieb sich gerade ein am Gesicht verletzter, ebenfalls roter, Kater in unserem Garten herum, der mich bei meinem gerade begonnenen Buchprojekt zu einer Erzähllinie beflügelte. Er schaute aufgrund seiner Verletzung mit Augen, die wie Menschenaugen aussahen und ihm etwas Mystisches gaben. Ihn wollte ich in meinen Roman einbauen, und Rosalie sollte ebenfalls eine wichtige Rolle darin bekommen. Weil sie ihren letzten Wurf nicht mehr austragen konnte, und weil sie gegen Ende ihres Lebens an einer Geschwulst im Ohr litt, sollte sie wenigstens in meinem Buch noch Mutterschaft und ein unbeschwertes Alter erleben. Im Herbst 2016, nach etwa zwei Jahren Schreiben und davor einem Jahr Recherche, war das Projekt im Großen und Ganzen beendet.

Was Rosalie betraf, so hatte ich seit Längerem das Gefühl, dass sie nur hier war, um mich bei meinem Buchprojekt zu begleiten. Ich war mir sicher, wenn es abgeschlossen sei, werde sie nach getaner Arbeit verschwinden. Das tat sie auch, aber als notwendige Lizenzverhandlungen die Publikation des Buches verzögerten, war sie plötzlich wieder da. Am Tag, als das Buch endlich verlegt war, war sie dann endgültig weg. Ich weiß nicht, was geschah, aber ich bin dankbar für die wundervollen Jahre mit ihr, für ihre Freundlichkeit und Inspiration. Ich werde Rosalie sehr vermissen.

Übrigens: Am nächsten Morgen im Autoradio sang Manfred Krug: „Schade, dass du nicht da bist, Rosalie ...“

Und was war mit Paul?

Paule kam als ein kleines, mageres Bündelchen von weniger als dreihundert Gramm, das mal als Katze gedacht war. Eine englische Touristin, die mich Tage zuvor beim Kauf von Katzenfutter getroffen hatte und mit mir ins Gespräch geraten war, brachte ihn zu mir. Die Frau wusste, dass ich mich im örtlichen Tierschutzverein für möglichst flächendeckende Kastrationsprogramme engagierte und selber in meinem Garten bis zu fünfzehn Katzenstreunern ein einfaches, aber relativ sicheres Leben ermöglichte. Aber eigentlich wollte ich kein Ziehkind mehr haben. Allerdings machte ich bei Paule den Kardinalfehler; ich sagte: „Ich schaue ihn mir mal an.“ Da war – wie immer in diesen Fällen – die Entscheidung eigentlich schon getroffen. Er schien ein Kämpfer zu sein, obwohl seine dünnen Rattenbeinchen kaum die Kraft hatten, seinen mageren Körper und überdimensional großen Kopf zu halten. Die Augen glänzten, das Näschen war frei, und er hustete auch nicht. Die folgenden Wochen und Monate, eigentlich der gesamte Sommer, waren nun auf Paul ausgerichtet, der wie ein Baby regelmäßig gefüttert und betreut werden musste. Freizeit hatte ich im Prinzip in diesem Sommer keine.

Und das ist eben etwas, das sich der Tourist, der ein Tierbaby bei einem ehrenamtlichen Helfer abliefert, nicht ausmalt: Er selber fährt nach Hause und fühlt sich toll, da er eine gute Tat getan hat. Der Mensch aber, der nun für das Fellbündel verantwortlich ist, investiert viel Zeit, Schlaf, Nerven und auch Geld, und seine Lebensplanung ist auf Wochen hin im Eimer.

Heute ist Paul ein kräftiger, frecher Kater mit einem riesigen Selbstbewusstsein, und er ist immer da, sobald ich in den Garten gehe. Eine große Katzenpersönlichkeit! Ich habe die Entscheidung, ihn aufzunehmen, nicht bereut.

Wie steht es mit Hunden? Soll es nicht so sein, dass man entweder eine Katzen- oder eine Hundeperson ist?

Das weiß ich nicht; auf mich trifft das nicht zu. Vielleicht ist es ja so, dass man, wenn man verbindend wirkt und lebt, dies nicht nur in Hinsicht auf Menschen, sondern auch auf Tiere tut. Ich habe sehr viele tolle Hundepersönlichkeiten kennen lernen und mit einigen von ihnen auch zusammenleben dürfen. Und alle meine Hunde waren sehr intelligent, was – wie bei den Menschen – nicht immer der Fall ist.

Es gibt einen Test für Hundeintelligenz, jedenfalls funktioniert er bei mir immer. Man muss mal beobachten, wie ein Hund sich verhält, der angeleint an der falschen Seite der Laterne vorbeigelaufen ist. Viele Hunde gehen nicht zurück, sondern wollen weiter nach vorne, und es ist an dem Halter, die Leine um die Laterne herumzuführen. Aber einige kriegen mit, was passiert ist, und lösen das Problem alleine. Das gleiche gilt, wenn sich die Leine irgendwie um die Hundebeine gewickelt hat. Manche bleiben stehen und warten auf Hilfe, andere wissen sich sehr geschickt selbst wieder zu befreien. Den Menschen direkt anzuschauen und von ihm zu lernen, Gesten und auch Augenbewegungen zu verstehen ... das alles gehört in die Palette dessen, was ein intelligenter Hund leisten kann. Auch bei Tieren gibt es Lernbegeisterte, Faule, Bequeme oder Nervöse. Auch den Tieren ist eine gewisse „Weisheit" eigen, denn sie reagieren, wenn sie nicht zu domestiziert sind, nicht unvernünftig. Und im Verhältnis zwischen Mensch und Tier gilt immer, dass das gesunde Tier keine Fehler macht; den Fehler macht immer der Mensch.

In diesem Sinne sind mir meine Haustiere immer Partner gewesen. Daher kann ich auch keine Schoßhunde leiden, die in der Regel in ihrer Entwicklung irgendwo in der Kindlichkeit stecken bleiben. Ich brauchte immer Hunde, die erwachsen reagieren. Nur dann kann es eine echte Partnerschaft, eine Art „Augenhöhe" zwischen uns geben, in der jeder seine Rolle kennt und annimmt.

Auch hier hast du zwei oder drei Hundepersönlichkeiten in deinen Büchern verewigt.

Ja, Bella, meine erste Hündin – obwohl sie mir nicht gehörte, nur gefühlsmäßig … und dann Sioux, meine Seelenhündin. Und jetzt kommt natürlich der schöne Herr Kanélo ganz groß raus. Er wird sogar sein eigenes Buch, ein Kinderbuch, bekommen. Er ist ein junger, wunderschöner Rüde, und ich sage immer: Wenn ich am Arm von George Clooney die Straße entlangliefe, ich könnte nicht mehr bewundernde Blicke auf mich ziehen. Kanélo ist ein intelligenter, liebenswerter Hundejunge, für sein Alter sehr erwachsen. Das ist es, was ich mit Augenhöhe meine. Ich vermenschliche nicht. Aber in jedem Tier sehen wir dem Menschen ähnliche Entwicklungen. Erwachsene Tiere lernen wie wir, haben wie wir ihre Erfahrungen, ihr Wissen und manchmal sogar so etwas wie Altersweisheit. Sioux war eine echte Lady und wurde im Alter etwas schrullig. Jede Lebensphase bringt Veränderungen, und auch ein alter Hund lernt unter Umständen noch neue Tricks, vorausgesetzt, er ist intelligent und lernbegierig. Es ist wie die 80jährige Großmutter, die noch erfolgreich einen Universitätsabschluss macht. Und wie bei den Menschen gibt es auch bei den Tieren „couch-potatoes".

Wie du öfter mal in deinen Büchern durchscheinen lässt, kämpfst du mit deinem inneren Schweinehund, wenn es um das Thema Vegetarismus geht, also um deine Unfähigkeit, nicht ganz auf Tierisches in der Nahrung und im täglichen Leben zu verzichten.

Ja, darunter leide ich wirklich. Aber ohne jetzt Sündenböcke herbeizuzerren: Vieles, was ich tue, hat auch mit meinem Mann zu tun. Ich koche für ihn, und er ist beileibe kein Vegetarier. Da ist es schwer, selber ganz vegetarisch zu bleiben. Außerdem verzehren meine Tiere ja auch Fleisch, und meinen Hund und die Katzen auf vegetarisch umzumodeln, hielte ich für unnatürlich.

Wie hast du eingangs das mit Bambi gemeint?

Dass ich nicht viel aushalte, wenn es um das Leid von Tieren geht. Natürlich ist die Natur an sich, was wir als „grausam" empfinden. Daran lässt sich nichts ändern. Und wie gesagt, in Sachen Fleischkonsum bin ich mir meiner Heuchelei durchaus bewusst. Was mich aber wirklich auf die Palme bringt, ist alle ohne Not, aus reiner Lust, Gedankenlosigkeit oder gar „Sport" zugefügte Grausamkeit. Ich hatte das sinnlose Schießen von Vögeln hier in Griechenland – wie in vielen südlichen Ländern – erwähnt. Es gibt andere Dinge … ich will nicht weiter ins Detail gehen. Es ist schlimm, was der Mensch dem Menschen antut, aber das Tier steht für mich in dieser Hinsicht absolut gleichrangig da. Ich bin überzeugt, dass Tiere – wie wir – nicht nur Gefühle, sondern auch eine Seele haben.

# Übergänge

Können wir noch einmal in diesem Zusammenhang über Gott sprechen? Wenn du an das Weiterbestehen der Seele – an die Unsterblichkeit derselben – glaubst, wie geht das mit deinem Gottesbild einher?

Ich unterscheide zwischen Glauben und Spiritualität. Beides hat für mich nichts mit Religion zu tun. Religion ist immer an eine Institution, die Kirche, gebunden. Mein Gottesbild ist nicht das eines irgendwie gearteten Wesens. Natürlich spreche ich auch manchmal zu Gott, als sei sie oder er ein Mensch, und oft möchte ich glauben, es sei ein Mann, weil mir bestimmte Dinge anders nicht erklärbar wären. Eine Göttin hätte die ganze Welt wohl ein wenig praktischer eingerichtet – das sage ich jetzt mit einem inneren Schmunzeln. Oft möchte ich rufen „Mensch, Gott!" und einen Fragenkatalog an ihn richten.

Es ist ja auch bekannt, dass ich einige Jahre lang an der Seite eines katholischen Priesters gelebt und von der Kirche dafür entsprechende Repressalien erlebt habe. Natürlich habe ich als Gegenschlag auch den einen oder anderen Coup gelandet. So habe ich mich zum Beispiel vom damaligen Berliner Kardinal als Erwachsene in der Berliner St.-Hedwigs-Kathedrale konfirmieren lassen, was dem nicht angenehm war. Was ihm in all der Aufregung gar nicht auffiel war mein Konfirmationsname, den ich ihm erst kurz vor der Salbung ins Ohr sagte und den er dann geflissentlich wiederholte: *Agia Sophia.* Das geht natürlich gar nicht; man kann sich nicht auf den Namen einer Heiligen salben lassen, aber bei mir hat's geklappt. Da der Konfirmationsname ja nur gesprochen und – zumindest in meinem Fall – nicht aktenkundig gemacht wurde, hatte es weder für ihn noch für mich weitere Konsequenzen. Aber ich weiß um den von mir herbeigeführten Fauxpas, und das erfüllt mich noch immer mit diebischer Freude.

Mich interessiert jetzt aber doch brennend Dein Fragenkatalog an Gott!

Naja, nicht ganz genau nur ein Fragenkatalog, vielleicht auch ein paar Verbesserungsvorschläge. Erstens: Menschen müssten drei Hände haben. Dann bräuchte man nicht immer jemanden, der den Finger auf den Knoten unter der Schleife drückt – und auch in vielen anderen Situationen wäre es nützlich. Ich könnte den Hund streicheln, der immer wieder seine Schnauze unter meine Hand drängelt, und gleichzeitig arbeiten. Zweitens würde ich zu Gott sagen: Ich verstehe ja vieles, auch dass es zum Beispiel Mücken geben muss – man denke nur an junge Meisenbabys. Aber bitte, mein Gott, wozu Staub? Welche Funktion erfüllt es, wenn das gerade Weggewischte flugs wieder da ist und offensichtlich zu nichts gut ist? Und noch mal Mücken: diese ja. Aber Zecken? Muss das sein? Und wenn es denn schon Gott ist: Das ganze Kindermachen und -kriegen, das könnte doch durchaus auch ein wenig anders geregelt werden … Naja, ich sehe schon, ich komme hier nicht wirklich weiter.

Wieder ernsthaft. Wer sich wie du mit spirituellen Dingen beschäftigt, kommt ja um die Frage nach dem „Dahinter" nicht herum. Es wird immer wieder debattiert, ob es eine Seele gibt, wie sie aussieht und ob sie unabhängig von unserem physischen Dasein existiert. Wie siehst du das?

Also, erst einmal möchte ich betonen, dass meine Spiritualität keine „New-Age-Spinnerei" oder so etwas ist. Jeder Mensch hat eine Spiritualität, so wie jeder Mensch ja auch einen Glauben besitzt – bei Atheisten ist es eben der Glauben, dass es keinen Gott gibt. Meine Spiritualität habe ich nicht *trotz* der Naturwissenschaft, sondern gerade *wegen* ihr. Meine Kindheit und Jugend war sehr durch eine materielle Weltsicht geprägt, und noch heute stehe ich sozusagen mit beiden Beinen fest auf wissenschaftlichem, realem Boden. Nur muss man sich fragen: Was ist Realität, und wie entwickelt sich unser Wissen immer weiter? Denn Wissenschaft ist kein feststehendes Dogma; sie ist einem permanenten Wandel unterworfen.

Das Leben ist doch ein ganz und gar unverstehbares Konstrukt: Das Werden und Vergehen, die Rolle des Bewusstseins ... dann die Rolle der Zeit, von der wir nicht einmal wissen, wie und was sie eigentlich genau ist. Jeder Augenblick, der gerade noch Zukunft war, ist einen Moment später schon Vergangenheit, und das Einzige, was beide – Zukunft und Vergangenheit – verbindet, ist das Einzige, das je wirklich existiert: das Jetzt. Wir wissen bereits, dass die Zeit im Universum gar nicht linear verläuft, so wie wir sie erleben. Das legt zumindest die Vermutung nahe, dass unser vermeintlich vierdimensionales Erleben (eine Zeit- und drei Raumdimensionen) eine Illusion ist; möglicherweise die Reflektion einer viel tieferen, multidimensionalen Wirklichkeit. Das lässt mich zumindest sehr offen sein und bleiben für alle Möglichkeiten. Erkenntnis allein ist noch keine Weisheit; verinnerlichtes Wissen schon. Und solch verinnerlichtes Wissen kommt oft nicht aus Laboren und Universitäten, sondern aus unseren Erfahrungen, Instinkten und Ahnungen. Deshalb sollte man aufhören, ständig auf seinen Geist zu hören, der ja nur immer die Vergangenheit analysiert, um daraus Rückschlüsse für die Zukunft zu ziehen. In der Stille unserer Seele wissen wir bereits alle Geheimnisse, wir erinnern sie nur nicht. Alle Dinge, die in Ruhe und innerer Ausgeglichenheit enden, können nicht gänzlich falsch sein. Deshalb sollten wir wirklich üben, innezuhalten, still zu sein und zuzuhören, was uns unsere Seele zuraunt.

Also ist die Seele für dich eine unbestrittene Tatsache?

Ja, und ich glaube sogar, dass alles Lebendige eine Seele hat, auch Pflanzen. Zumindest sind sie nachgewiesenermaßen empfindungsfähige Geschöpfe, deren Sprache wir nur zum überwiegenden Teil noch nicht entschlüsselt haben.

Was setzt du dann den Wissenschaftlern entgegen, die alles Seelische oder Transzendente leugnen?

Was soll ich denen entgegensetzen? Sie haben ihre Wahrheit – ihren Glauben, wenn man so will – und ich den meinen. Das muss man aushalten. In einer Welt, in der ein Gott gegen den anderen ausgespielt wird, da ist es doch nur logisch, dass es auch in der spirituellen Szene alle möglichen Richtungen und Strömungen gibt. Es gibt überall Scharlatane und Gutgläubige – in der Politik, in der Wissenschaft, im Spirituellen. Das juckt mich nicht. Ich weiß was ich weiß, und ich weiß, was ich nicht weiß.
Darüber hinaus gibt es viele verschiedene Gedankenmodelle. Dafür will ich offen sein. Denn egal wie sehr wir versuchen, die Dinge zu rationalisieren, am Ende muss ein jeder sich irgendwann einer ultimativen Wahrheit stellen, da gibt es keine Alternative. Und ich finde, wenn man das anständig über die Bühne bringen will, dann kann ein Blick über den eigenen Tellerrand hinaus sehr hilfreich sein. Ich glaube, dass alles mit allem zusammenhängt. Wie man das erklären kann, ist eine andere Sache. Der

Wissenschaftler Rupert Sheldrake spricht von morphischen Feldern, die uns miteinander verbinden. Ich stelle mir alles im Universum wie ein großes Spinnennetz vor. Nichts, was irgendwo geschieht, bleibt ohne Wirkung auf alle anderen Bereiche. Wenn einer irgendwo am Faden zupft, dann spürt man es überall im Kosmos. Kann ich es erklären? Noch nicht.

Meine Hoffnung ist, dass ich es noch erleben werde, dass der Kreis zwischen Wissenschaft und Spiritualität, der ja in den letzten 200 Jahren erst einmal auseinander gelaufen ist, sich mittels solcher Disziplinen wie der Quantenphysik aufs Eleganteste wieder schließen – und diese Dinge damit erklären – wird. Ich denke, wir werden vielleicht nie einen Gottesbeweis erhalten, aber in meiner Lebenszeit rechne ich ganz fest damit, dass wir noch sehr viel Erstaunliches über die Seele und deren Fortbestehen über den Tod hinaus erfahren werden. Ich setze da vor allem auf die Quantenphysik: Ich glaube, dass in der Nicht-Linearität der Zeit, der Nicht-Lokalität von Materie und in den unseren Sinnen verborgenen Dimensionen der Schlüssel zum Verständnis der unsterblichen Seele liegt.

Was ist aus deinen Träumen geworden?

Alles, was ich wollte. Allerdings auf Wegen, die von meinen Vorstellungen oft sehr verschieden waren. Und Vieles wurde auch ganz anders – anders gut!

Gibt es etwas, das du bedauerst?

Vielleicht doch, dass ich wegen meiner fehlenden „Linientreue" nicht die Möglichkeit hatte, Astronomie zu studieren. Ich erkläre mir das damit, dass sie in der DDR Angst hatten, dass die „falschen" Leute die Welt eventuell besser verstehen könnten als sie selber.

Auf der anderen Seite bin ich sehr froh: Ich habe doch in aufregenden Zeiten gelebt; mit Mondlandung und Mauerfall, Star Trek und den Beatles. Das ist doch was!

Was soll aus dir werden?

Noch bin ich ja viel zu jung – aber irgendwann will ich mal eine „interessante Alte" werden.

Das bringt uns unweigerlich zum Thema, das uns alle einmal am Ende unseres Lebens betrifft, das letzte Kapitel ...

... den Tod! Ja. Es ist eine faszinierende Sache, nicht wahr? Die eine Lektion, die wir alle im Leben lernen müssen, ist: Loslassen. Ob es der Aktienfonds-Banker ist, der Multimilliardär, der Vollblutpolitiker, der Präsident, der Hausbesitzer, die Tochter, der Sohn ... Loslassen von Anderen und Anderem, von Personen und Dingen, und schlussendlich loslassen vom eigenen Ego, Körper und Sein. Das kommt in aller Regel langsam, schleichend. Man nennt es das Alter, und es erschreckt einige Menschen sehr.

In dieser Hinsicht bin ich ganz gut aufgestellt. Durch die Tatsache, dass ich schon seit sehr langem chronisch krank bin und eigentlich seit meiner Jugend mit körperlichen Einschränkungen und Schmerz lebe, fällt mir das Altern gar nicht so schwer. Ich staune eigentlich, zu welchen auch physischen Anstrengungen ich immer noch in der Lage bin. Aber auch ich spüre den Verfall des Körpers. Die Akkus halten nicht mehr so lange, sind manchmal schon nach kurzer Zeit leer. Man steckt einiges nicht mehr so leicht weg. Aber das sind Erscheinungen meines Körpers, der eben alt wird wie ein altes Auto. Ich spüre aber auch deutlich: Das *bin* nicht ich, den Körper *habe* ich nur. Mein Geist und meine Seele sind unverbraucht. Das Haus meiner

Seele hat viele schöne Räume. Ich war und bin oft dort; in Träumen, auch in Meditationen, und immer dann, wenn ich schreibe und male.

Macht dir also der Tod, das Ende, keine Angst?

Ich würde lügen, wenn ich sagen würde, dass ich da ganz ohne Zweifel bin, wie es sein wird, wenn es wirklich ans Sterben geht. Aber eins ist mir klar: Der Tod ist eines der zwei wichtigsten Ereignisse in unserem Leben, und wie die Geburt ist er entweder unerklärlich, oder er erklärt sich von selber. Diese beiden Pole des Lebens sind untrennbar verbunden. Und ich stelle mir beide Pole an entgegengesetzten Punkten eines gedachten Kreises vor, also eine Verbindung nicht nur durch das Leben selber, sondern auch durch das Nicht-Leben. Es scheint unfair, dass beide Ereignisse ohne Gebrauchsanweisung kommen. Aber haben wir nicht unsere Geburt in der Regel ganz gut hingekriegt? Und daraus speist sich mein Vertrauen, dass uns die Natur auch für unser Sterben etwas an die Hand gibt, das uns zeigt, wo es langgeht. Ich habe keine Angst davor, eines Tages nicht mehr aufzuwachen. Ich glaube auch, dass man gegen Ende eines voll gelebten Lebens wirklich des Lebens müde werden kann.

Hast du vorgesorgt?

Hah! Was heißt das, habe ich eine Sterbeversicherung abgeschlossen? Wie albern! Profitmacherei! Ich glaube nicht – sollte ich einmal in Argostóli auf der Straße tot umfallen oder in einem Krankenhaus oder Pflegeheim sterben – dass man mich dann in der Fußgängerzone liegen oder im Keller verrotten lässt. Insofern bin ich ganz ruhig. Es wird schon genug da sein, um meinen Körper sachgerecht unter die Erde zu bringen.

Was ist deine größte Hoffnung?

Wie schon gesagt, meine große Hoffnung ist, dass die Natur, die ja für alles im Leben eine feine Balance gefunden hat, auch hierfür eine Lösung bereithält. Aber eines weiß ich: Unsterblichkeit wäre keine Alternative. Alles, was nicht vergeht, bedroht uns. Was niemals stirbt, bringt uns in Lebensgefahr. Ob es dabei um Plastik geht oder um Krebszellen. Wir sollten uns dieser Erkenntnis, besser: dieser Weisheit, beugen. Und wir sollten dahingehend mehr Vertrauen wagen. Etwas Besseres bleibt uns ja sowieso nicht übrig.

Zum Abschluss die Frage: Was würdest du dir gegen Ende deines Lebens am meisten wünschen?

Nun, ich hoffe, dass das noch eine ganze lange Weile hin sein wird. Aber da ich nicht weiß, wann es sein wird, wäre jede Antwort Spekulation. Geschähe es in den nächsten Tagen, dann wäre mein Wunsch sicherlich, dass die vier mit Mühe erstandenen Gläser vorgekochter Kichererbsen sich noch kurz vor meinem Tod in einen wirklich köstlichen Hummus verwandeln ließen – einen, den ich niemals so gut mit originalen Kichererbsen hinbekomme. Und dass ich diesen Hummus auch noch aus vollem Herzen und mit begeisterter Zunge erleben dürfte. Vielleicht gibt es dazu ja auch noch einen Matjeshering!

Was wäre dein Motto?

Dass nichts wirklich endet!

Also, es geht irgendwie immer weiter?

So isses!